crônicas da manhã

antologia

Gerente Editorial
Roger Conovalov

Preparação
Aline Assone Conovalov

Diagramação
André Barbosa

Capa
Lura Editorial

Revisão
Carla Romanelli

Impressão
PSI7

Dados Internacionais de Catalogação na Publicação (CIP)
(Câmara Brasileira do Livro, SP, Brasil)

Crônicas da manhã : antologia / organização de Eduardo Carvalho.
– 1. ed. – São Caetano do Sul, SP : Lura Editorial, 2022.
104 p.

Vários autores
ISBN 978-65-84547-56-8

1. Antologia 2. Crônicas brasileiras I. Editorial, Lura.

CDD: 869.935

1. Crônicas : Antologia : Literatura brasileira
869.935

[2022]
Lura Editorial
Rua Manoel Coelho, 500, sala 710, Centro
09510-111 – São Paulo – SP – Brasil
www.luraeditorial.com.br

crônicas da manhã

antologia

organização de
Eduardo Carvalho
e **Lura Editorial**

APRESENTAÇÃO

O gênero mais brasileiro de literatura ganha um importante divulgador: esta primeira antologia da Lura.

A crônica tem jornalismo, tem poesia, tem prosa e tem ensaio. Seja qual for a abordagem do texto, o olhar atento e a preocupação com o que importa estão presentes.

E o que importa? A vida, o amor, a morte, o prazer, a amizade, viagens, filhos, netos, novo emprego. Também, a grama crescendo, o sol surgindo, o cheiro do café e do escapamento, multidão nas calçadas, o troco errado, o cabelo que não entra em forma.

Tudo pode ser crônica, mesmo o nada, o vazio, o oco.

O olhar de cronista não se cansa de enxergar histórias nos recantos mais isolados. Diante das lentes cotidianas, os textos surgem e arremessam o objeto de observação ao alto e lá o deixa, enquanto o disseca de novos ângulos, usando a mente apurada e as palavras ligeiras.

Nada é irrelevante.

Temos nas mãos exemplos de histórias que variam nos temas e têm em comum o nascer do novo dia. Sol, café da manhã, preguiça, despertar, começos, recomeços. Cada um nos brinda com textos sensíveis, honestos e, muitos deles, bem-humorados.

Espero que o espírito do leitor seja transformado como foi o meu, ao organizar este livro.

Divirtam-se!
EDUARDO CARVALHO

SUMÁRIO

ANUNCIAÇÃO

Eduardo Carvalho

— Nasceu! Nasceu! Fuinha, Tobe, Madruga! Viva! Viva! Ânimo, meus companheiros!

Os gritos ecoavam na avenida e rasgavam a manhã de fevereiro. O homem, de barba por fazer, de banho por tomar, de fome para saciar, de amigos para alimentar, puxava seu carrinho ainda vazio, para começar mais um dia.

— Nasceu! Nasceu! Vejam que pôr do sol mais bonito! Abram as janelas e apreciem a beleza que só Nosso Senhor poderia nos dar!

— Louco, louco! Vá dormir!

— Pára de gritar, seu maluco!

E o barulho de água e de objetos jogados prédios abaixo. O homem colocava tudo no carrinho e continuava com a anunciação.

— Acordem! Mais um dia raiou nos céus do Rio de Janeiro! Recebam o presente de mais um dia! Tobe, você tem 24 horas para fazer o que quiser. Quais são seus planos para hoje?

— Au, au!

— Muito bem, muito bem! E você, Fuinha?

— Au, au!

— Não vale! Tobe já escolheu isso. Seja mais criativo!

Pensativo, com o rabo eufórico, respondeu Fuinha:

— Au, au, au!

— Excelente escolha!

— Sua vez, Madruga! Qual é a boa para hoje?

— Au, au, au, au! Au, au, au, au!

— Você tem certeza?

— Au, au, au, au!

— Então, vamos, pois o tempo urge!

Os quatro maltrapilhos dançavam pelas calçadas, convidando a todos para aproveitarem o dia.

— Louco! Louco! gritavam.

— Louco é quem me diz e não é feliz, não é feliz![1]

O sol subia no céu e abriam-se as janelas para recebê-lo. A luz e o calor para energizar e renovar as alegrias. Tobe, Fuinha e Madruga iam à frente do carrinho com os ombros altos e respeitáveis. Indiferentes aos indiferentes e infelizes humanos, que precisavam acordar cedo por obrigação de trabalho. Eles, não. Eram livres para despertar quando bem entendessem. Os quatro escolhiam acordar antes do sol e aproveitar sua grandeza sendo imposta no céu carioca. Corriam para onde não havia os altos edifícios que atrapalhavam a vista do astro-rei, apenas o céu com poucas nuvens.

O homem encostou o carrinho, sentou na calçada, cerrou os olhos e sorriu. O sol banhava-lhe em mais um dia. Madruga, Fuinha e Tobe sentaram ao seu lado.

— Eu que não quero ser normal, e vocês?

---

1 Balada do Louco, Os Mutantes.

— Au, au!

— Au, au, au, au!

— Au, au, au!

— Ótimo! Vamos tomar café!

QUESTÕES DA MANHÃ

Ana Carolina Carvalho

Acordei mas não queria.

A cama estava leve e aconchegante, como só uma manhã de primavera consegue ser, o calor não era insuportável e a brisa fresca tornava possível descansar se sentindo como uma folha no ar.

Mas o dia insistia em invadir o meu quarto, com seus raios solares brilhantes e agressivos e passarinhos cantando a plenos pulmões.

Acordei.

Com os ossos estalando e a música tocando, faço o caminho até a cozinha, manhã corriqueira, chá, café, canseira. Antes da rotina começar, paro e observo a vida passar, da varanda do segundo andar posso ver o mar de casas a flutuar; cachorros a correr, famílias a acordar, bebês a chorar e — ao fundo — as árvores a desabrochar.

O mundo começa, lentamente, a girar, várias peças se encaixando em seu lugar. O sol aquece a minha pele e alegra o meu humor, me transportando até a lembrança de uma época, o desejo de uma menina de apenas se jogar, nadar. Possibilidades infinitas que só podemos vislumbrar enquanto o sol está a raiar.

Eis então o questionamento de todas as manhãs à deriva no mar, a caneca na mão, a visão firme no belo horizonte alaranjado, prometendo um dia quente e ensolarado: "Hoje vou me arrumar e fazer a roda girar ou jogar tudo para o ar e viver uma aventura em plena terça-feira?".

Ao mesmo tempo, longe ou perto dali, uma criança olha pela janela da escola, observando pelas frestas das grades, entre uma lição maçante e outra interessante, as cores dançarem no céu azulado. Sua cabeça livre de questionamentos, pois anda armada com a certeza que só a inocência pode proporcionar: "Mal posso esperar para crescer e nunca mais ter que desperdiçar outro dia lindo de sol sem querer."

De volta ao mar de casas, a porta da varanda já estava fechada, entre uma questão e outra resolvi cochilar novamente, descansar enquanto o tempo flutua no ar, seguindo o fluxo diário de nos contentar. A imagem subconsciente, evocada por um antigo desejo de um espírito mais jovem, também foi posta para repousar, até ressurgir novamente à beira do mar.

REFLEXÕES PELA MANHÃ

Anna Paula Rezende

Amanheceu. E por mais que o dia não parecesse estar sorridente diante da ausência dos raios do sol, levantei-me como de costume para cumprir as obrigações diárias que uma psicóloga precisa fazer em sua função. Acordar e estar apta e atenta a escutar as demandas das aflições alheias não é um dos trabalhos mais fáceis a se fazer. Tal como o dia, nem sempre estamos dispostos ou em condições de oferecermos a escuta e as palavras necessárias ao outro diante de suas aflições. Porém, mas um dia amanhecia e a minha tarefa não deixaria de existir mesmo num dia mais frio.

O cheiro do café invadia a casa, a temperatura amena ainda de um despertar em que o ambiente não foi invadido pelos ares que atravessam as janelas revelando a temperatura do ambiente externo não haviam preenchido o meu dia. Estava a preparar-me como de costume ao banho matinal, às vezes, regado ao som de uma música para contagiar o dia.

De início a melodia tocada na minha *playlist* de músicas favoritas me despertou um questionamento... Dizia a música: "Quem acreditou no amor, no sorriso e na flor então chorou, pois o amor, o sorriso e a flor se transformam depressa demais...".

Que estranho, penso eu. Não podemos acreditar nas coisas só porque elas são passíveis de transformação?

Isso continuou a me trazer indagações enquanto eu apreciava meu café com torradas integrais.

Pois, voltando aos meus devaneios, se assim posso nomeá-los, me veio `a mente: "O que não seria passível de transformação nesta vida? Tudo está sujeito a se transformar, desde o momento de acordar até o do anoitecer. E nem por isso precisamos sempre chorar, pelo fato da mudança existir. Aprender a ressignificar as mudanças, vê-las por outros ângulos já abrem a nossa perspectiva de vida para outros parâmetros, para novos caminhos e inclusive para possíveis novos interesses.

Diante de tantos questionamentos acabei me deparando que ao olhar para a sala ainda não havia aberto a janela e assim não tive a confirmação que logo me veio à mente: " hoje o dia está nublado". De fato assim estava e a confirmação logo me veio quando abri as janelas e um leve frescor matinal logo atingiu todo o ambiente da minha sala com uma cozinha estilo americana.

Ali, diante da paisagem na qual me defrontava, outra reflexão me surgiu: "não era pelo fato de o dia não estar ensolarado que ele deixava de ser belo?". O céu com sua cor numa mistura de cinza levemente azulada não perdia para os dias em que outras cores davam outro tom principal. Há de se valorizar que mesmo diante das mudanças, a beleza permanece em sua essência. Logo, associei à ideia da música e passei a rever que lidar diante da mudança, inicialmente, traz certo incômodo à maioria de nós. Nem todos lidam bem quando algo que lhes é visto como padrão sai de cena para que outros contextos se apresentem. E por isso, a letra da música me remeteu a tantas ponderações de um julgamento dado a priori quando mal acordei. Ou seja, é importante nos atentarmos às transformações rápidas das coisas e o fato de como nos apegarmos a elas é que dá um tom diferente a cada dia que amanhece. Não existe uma única versão! E talvez ter isso em mente já seja, por si só, uma maravilha.

Bom, a hora estava passando, precisava ajeitar a louça suja na mesa, pegar meu material de trabalho e ir rumo a mais um dia de atendimentos.

As manhãs sempre me deram um ar de renovação, pois me traziam a ideia de um recomeço de mais um dia com o seu famoso ditado: "Quando amanhecer não deixe seus sonhos no travesseiro ". Isto é, carreguei meus pensamentos que me foram úteis e percebi que a simplicidade na percepção de certas circunstâncias à nossa volta, pode nos trazer reflexões riquíssimas. E que não apenas afetariam a minha visão de mundo, mas através da minha profissão aquela reflexão poderia gerar frutos em intervenções nas quais eu sequer podia imaginar.

Ufa! Mais um dia concluído. Agora é hora de chegar em casa, deixar minha bolsa preparada para o outro dia, me assoar e descansar o restinho da noite que me cabia.

A JANELA

Antenor Mario

Acordo. Sento. Levanto.

Apesar de ser muito cedo, gosto de ser iluminado pela luz do sol. Abro a janela e aprecio as belezas panorâmicas que as lentes do meu olhar podem apreciar. Respiro profundamente, sentindo os cheiros que os ventos trazem... Sinto através de minha pele, a existência da vida.

O lugar onde vivo torna-se, naquele momento, uma cena de filme. O céu repleto de nuvens, o sol sendo o astro-rei e os pássaros cantando no alto. As árvores sentindo a vida, balançando as folhas como uma dança, no ritmo harmônico que a vida oferece naquele instante. Tudo é belo, o céu e a terra, as pessoas e tudo que contém na existência do mundo.

Deparo com as fascinações das coisas, numa manhã encantadora que parece tão mágica. Canto, agradecendo por mais um dia de vida. Reparo o quanto as pessoas andam numa rapidez e tem outras, no devagarinho dos passos como os minutos que precisam dos milésimos dos segundos.

Será que é minha cabeça que ficou lenta? Ou são os meus neurônios que estão maravilhados com a paisagem vista?

A manhã se transforma, fazendo a vida fica mais linda. As flores encantam os caminhos, as ruas e todo o lugar.

E finalmente, vejo crianças brincando e deixando em todo aquele momento uma história de felicidade. Passam carros, motos, bicicletas e gente; a rua vai ganhando cada vez mais movimento.

O lugar onde vivo, aquele visto, uma paisagem encantadora, trás naquele momento desejos de sair, participar daquelas cenas e ver o mundo, sentir ele, o quanto é lindo. O mundo é maravilhoso.

Vejo o quanto as pessoas ficam direcionadas quando estão fazendo algo. São mulheres levando filhos para escola, pais preparando-se para ir trabalhar, crianças com mochilas e animais passeando pelas ruas. É fantástico as coisas em movimento.

É a arte da vida, a apreciação das belezas vistas pelas minhas lentes magníficas, os meus olhos. Que câmeras! Que perfeição! Movimentos, ações e vidas são assistidos, transformando aqueles momentos em cenas perfeitas e que estão sendo gravadas pelo meu olhar.

Os minutos vão passando e olho o relógio, observando que a minha hora de me preparar pra ir à minha jornada do dia, chegou.

Saio da janela, deixando-a, saindo de espectador para ator das cenas que virão, pois irei me preparar para sair de minha casa e adentrar nesta manhã que cada vez fica mais linda e repleta de ações cotidianas.

INVASÕES MALSUCEDIDAS E OS MELHORES CONVITES DA MANHÃ

Barba Rocha

Soou o estridente despertador. Com uma das mãos, ligeiramente o desliguei por completo. Na sequência, um caminhão passou pela rua estourando buzinadas, algo até então inédito na vizinhança. Logo depois, o celular. Este sim é aparelho eficiente no objetivo de chamar a atenção. Mensagens, bipes, chamadas, alarme, tudo em um único vibrante retângulo.

Levantei-me motivado pela necessidade de resolver a balbúrdia. Um pé, outro. Opa! Lembrei que um erro muito comum é abrir uma mensagem às seis da manhã acreditando que não é nada demais. Assim, antes mesmo de tocar na tela, resolvi seguir outro caminho.

Primeiro a janela. Purificação necessária por ar novo e pelos raios solares mais potentes do verão. Nunca ouvi falar de alguém que se incomodasse com cantos de sabiás. Se souber de um sujeito que seja, conte-me depois. Sonzinho de primeira.

Água no rosto e um pouco de espelho, espelho meu. Na dose certa não faz mal a ninguém. Passei pela sala já asseado, entrevendo um noticiário com manchetes a respeito do péssimo caminhar da economia. "Já nessa hora?", pensei e apertei o botão de desligar com muito gosto.

Da cozinha vinha um aroma de café com cuscuz. Um tanto de leite aqui, uma manteiga acolá e tudo estaria em deliciosa harmonia. Lá também se encontrava meu bem.

— Bom dia! — eu disse tranquilamente.

— Você viu a mensagem no seu celular? — perguntou-me de forma estranhamente ríspida.

— Não. Está cedo e hoje não estou muito para essas coisas.

— Hum. — balbuciou.

— O que houve? — perguntei com o calorzinho matinal indo embora do meu corpo.

— Melhor você mesmo ver — sentenciou desviando o olhar.

Fiz o caminho de volta para o quarto um tanto agitado. Não ouvia mais passarinho algum, nem sentia cheiro de café. O portador de más notícias me esperava lá na prateleira. Maldito seja esse retângulo. Dedo na tela. Para cima, para baixo. Abre um aplicativo, fecha outro.

— Como assim?

Não encontrei qualquer coisa de muito diferente. Nem mesmo o inútil, porém gigantesco, relatório de fim de ano que estavam me cobrando. Na parte lateral, apenas um alerta de mensagem da minha querida. Por qual motivo ela me mandaria tal mensagem estando aqui comigo? Abri curioso.

Nada demais.

Os risos ecoavam pelo apartamento, partindo, claro, da cozinha.

— Vem tomar café! — chamou-me alegremente.

Ah! Nada demais. Agora os sabiás voltavam a cantar apoiados na janela e o cuscuz quente já derretia a manteiga.

AS ONOMATOPEIAS DO ALVORECER

Chagas Botelho

E na manhã daquele dia, amanheci febril. A garganta em frangalhos. Coriza albergada nas narinas. O quadro era quase de internação. Despertei sem disposição para levantar, quiçá trabalhar. Logo eu que sempre madrugava na repartição, o primeiro a bater o ponto, agora, porém, ficaria de molho na cama. Cuidaria dessa possível virose possuidora de todos os recantos do meu corpo esmorecido.

Assim, com as articulações quebradiças, dormiria até mais tarde. Fato raro para este operário habituado a levantar-se com as galinhas. Para em seguida, tomar a condução rumo à lida, ainda sob o lusco-fusco. Mas, o sono me facultava. Tentava pregar o olho e não conseguia. O deus do regozijo havia me deixado na mão. Nem o antifebril sobre a cabeceira, ingerido em oito e oito horas, foi capaz de me entorpecer. Situação paradoxal ao meu estado de malemolência.

Com o olhar pétreo fixado no teto, divagava ao tentar planejar as horas matinais. Já que continuava insone, procuraria fazer algo, afinal, viver era preciso. Talvez assistisse a uns bons filmes ou, quem sabe, retomasse leituras atrasadas. Tempo, com certeza não me faltaria. Aliás, é aí onde reside a grande prerrogativa de estar doente: o da possibilidade de repouso.

No entanto, outras coisas excitaram minha atenção mais do que cinema e livro. Eventos que, pelas circunstâncias do trabalho, sempre assoberbado pelo ofício rotineiro de escritório, eu não parava para admirá-los. Refiro-me aos sons, sim, a esses rumores que encetam na aurora. Embora acamado, com a saúde instável, eu transitava por diversos burburinhos que ressoavam dentro e fora de casa.

Comecei a ouvir, sobretudo, o trepidar de uma vassoura piaçava no pátio do vizinho. O piado de uma janela Sasazaki abrindo-se ao recomeço. O apito da chaleira fervendo sobre um fogão operante. O tilintar de xícaras em cima da mesa do café. O barulho furioso do liquidificador triturando a polpa de fruta. Era possível escutar, inclusive, alguém mordiscar um cream cracker. De súbito, todos esses sons ocupavam minha ociosidade com admirável satisfação.

Graças à enfermidade, que me obrigou a desacelerar, pude atento, acompanhar os alaridos de uma manhã que se abria novinha em folha. E que, até então, eram ignorados pelos meus ouvidos moucos. Ouvidos estes que só tomavam como músicas obrigatórias apenas duas composições monótonas: o som irritante do teclado do computador e a voz nasalada do meu chefe. Quão maravilhosas são as onomatopeias do alvorecer.

SÍSIFO

Díndi

Ainda é muito cedo, a casa inteira dorme. Já estou acordada, procurando por sinais de vida. Busco por um especial: os sons dela, que se agita levemente em sua cama, pálpebras batendo asas, tatibitate de palavras sonolentas que eu mal entendo.

Levanto de um salto, como faço a cada amanhecer, para ver se ganho coragem. Sinto dores por todo o corpo, resultado da rotina desgastante, ininterrupta e solitária. Cuidar de outro ser humano, ser por ele totalmente responsável, é um trabalho braçal que nunca termina. Atravesso os cômodos da casa desviando de peças de roupa caídas, pratos, colheres de plástico, uma boneca sentada no sofá. Olho ao redor, desanimada pela bagunça que me escapou. Acho que as coisas ganham vida durante a noite, usam a casa como moradoras que são, dão as próprias festas e deixam toda a sujeira de presente para mim — as boas-vindas da manhã seguinte. Vejo de relance uma garrafa de vinho pela metade sobre a pia da cozinha. Eu quase posso jurar que não fui eu quem a abriu — ou será que esqueci...?

Apesar do meu desamparo, não deixo que ela perceba nada. Entro em seu quarto fingindo alegria solar. Desejo-lhe bom dia com a mais suave das vozes, abrindo com delicadeza as cortinas e deixando que a claridade se espalhe aos poucos. "Tudo com ela precisa de calma", me advirto. Passo a mão em sua cabeça, sentindo os cabelos finos deslizarem por meus dedos e, por um instante, esqueço o tempo. Nossos olhos se encontram e os dela têm a curiosidade e a surpresa de sempre. Atira-me os braços, quer que eu a pegue. Se deixa levar até a cadeira obedientemente, onde a coloco e explico, mais uma vez, que mocinhas devem se arrumar bem. Penteio suas mechas, prendo a franja com uma presilha, troco-lhe a roupa. "Linda! Uma princesa!". Dessa vez, não minto.

Levo-a para a sala. Ligo a televisão em seu canal favorito. Sei que terei longos minutos de relativa paz para preparar nosso café da manhã, mesmo que o programa a que ela assiste agora seja a repetição da repetição de todos os outros iguais que vimos nos últimos meses. Ela parece não se importar. Vê graça nas brincadeiras conhecidas. Bate palmas, tenta cantar junto e sorri verdadeiramente com os olhos, encantada. Meu coração dói de vê-la assim, tão inocente e inteiramente absorta num programa bobo que já viu cem vezes.

O dia parece se repetir em ciclos intermináveis de preparo de comida, limpeza, banho, choro, birras, fraldas, colo e monólogos em que só eu falo, sempre sobre tudo o que disse ontem, anteontem e na semana passada, no ano passado, há três anos. Ela, às vezes, cochila. Então aproveito para escovar os dentes, usar o banheiro, tomar um café, acender um cigarro no jardim, chorar baixinho, levantar os olhos, me assombrar com o azul do céu, lembrar que dia é hoje mesmo, que preciso fazer compras, o leite dela acabou.

O intervalo é muito curto e logo estamos as duas às voltas com os mesmos tédios. Testo seus reflexos: puxo seus braços, estico as mãos, verifico se consegue agarrar objetos, se mantém a cabeça erguida, se me segue com os olhos, se entende o que digo. Há algo a mais em seu rosto que me enche de esperança: uma inteligência que se insinua pelas brechas, mas que não passa de um lampejo e desaparece de repente, deixando-a esvaziada. Não sei o que pensar disso, se devo me preocupar, se é o normal para a idade... Faço um apontamento mental de que preciso marcar uma hora com o médico, fazer um acompanhamento rigoroso da sua evolução. Me sinto péssima e, mais uma vez, relapsa. Estou cansada, esgotada, e, no entanto não adianta lutar, gritar, protestar. Tudo na vida são fases. Esta também vai passar. Depois vou sentir saudade disso. Quando não for mais assim e eu voltar a ter independência, uma agenda inteirinha só para mim, vou sentir falta de cuidar dela, de fazer suas sopinhas, papinhas, mingaus, de cantar as mesmas cantigas, de consolar seus medos, colocá-la para dormir, beijar a sua testa áspera, segurar suas mãos encarquilhadas de dedos tão retorcidos, relembrar seus amores que já morreram todos — pois só sobramos nós duas –, rezar juntas para Nossa Senhora Aparecida e pedir que amanhã seja um dia igual a hoje, a ontem, ao mês passado, há três anos, desde quando a trouxe para morar comigo e invertermos os papéis de mãe e filha.

Apago a luz do seu quarto, assopro um beijo da porta e digo o quanto a amo. Ela me chama de mamãe e eu não a corrijo. Pulo os obstáculos da casa — remédios, copos de água, uma sobra de frutas amassadas, a fotografia do meu pai displicentemente deixada numa poltrona — e me deito, para poucas horas de descanso. Abro os olhos: já é dia.

Levanto de um salto, que é para me dar coragem.

SÓ MAIS UM CAFÉ

Dante

A brisa amena e revigorante daquela manhã chamava a todos para um feliz encontro com o novo dia. Pássaros de incomparáveis beleza e sonoridade gorjeavam nas copas das frondosas e exuberantes árvores que, generosas, deixavam cair ao solo amostras de seus adocicados frutos. A grama margeante do caudaloso rio que atravessava a cidade estava repleta de pequenos animais deixando a paisagem do lugar bem mais esplendorosa. Os habitantes pouco a pouco se despediam de seus leitos apressadamente para de forma mais demorada aproveitar cada minuto daquele novo amanhecer que já virara uma agradabilíssima rotina na vida de cada um dos vivazes moradores. À medida que pequenos grupos iam se formando nas calçadas, o lugar ia ganhando novas feições: os mais jovens, muitos ainda se espreguiçando, desfilavam seus trajes atléticos ao mesmo tempo que se organizavam para a realização de breves corridas ao redor do parque da cidade; os mais idosos, já mais habituados à prática do cedo despertar, caminhavam lentamente pelas calçadas contando "causos" e disparando contidas gargalhadas, enquanto as crianças, ainda sonolentas, aproveitavam as sombras das árvores para prolongar o sono um pouco mais. Instantes depois todos se reuniam às margens do rio para um farto e suculento desjejum de variada gastronomia que era vorazmente consumido pelos famintos e sedentos amantes do despertar do sol. A conversa era animada e parecia não ter fim. A confraternização envolvia as pessoas e todas as espécies de animais ali presentes. Após o fausto café matinal, o retorno às suas residências era necessário. Reuniram então seus pertences, recolheram algum lixo produzido, se despediram dos pequenos animais e seguiram contentes o caminho que os levaria aos seus lares. Durante o trajeto perceberam a ausência de dois dos moradores mais recentes, dois jovens, um rapaz e uma moça, moradores solitários de imóveis próximos ao parque. Voltando seus olhares, depararam-se com os jovens conversando sentados à beira do rio. Tudo levava a crer que a aura matinal os havia envolvido de uma forma bem mais intensa. Um dos moradores se dispôs a falar com o jovem casal e logo retornou sorridente, dizendo aos demais: "podemos seguir em frente. Falei com eles e lhes perguntei se viriam conosco; me responderam então que ainda tinham algum tempo livre e ficariam mais um pouco, o suficiente apenas para só mais um café."

NATUREZA

Faila Miranda

Domingo de manhã, o período mais calmo de toda a semana. Poucas pessoas na rua, os passarinhos, animados, aproveitavam para cantar sem ter que competir com os barulhos do dia a dia. A melodia entrava pela janela junto com a brisa fresca das primeiras horas do dia, inundando a sala de conforto. Era o momento perfeito para a leitura, nada o incomodaria. Recostou-se no sofá, pegou o tablet, acessou o site de notícias...

Pai, o que é natureza?

Hein?

O que é natureza?

Que pergunta difícil, menino! Natureza é o ar fresco, as plantas...

Ah, igual essa planta? — a criança apontou para as plantas de plástico da mãe, que formavam um jardim no canto da sala.

Não, não. Igual alface, repolho...

Então é comida?

Não! Quer dizer, sim, mas não é só comida... tem as coisas que a gente vê quando sai na rua.

Carro?

Não! Árvore, passarinho, cachoeira...

O que é cachoeira?

É uma água que cai de cima.

Tipo o chuveiro?

Isso! Só que no meio da floresta.

Um chuveiro no meio da floresta?

É, no meio do rio, que fica na floresta. Rio você sabe o que é, né? Tem um em frente ao Maracanã.

Eu lembro! É um buracão, grande igual a rua, com água no fundo e cheiro ruim.

Isso! Agora, deixa o papai ler.

Pai, o que é floresta?

Ai, ai... floresta é quando tem um monte de plantas juntas com o rio e a cachoeira. E tem bichos também.

Que bichos?

Ah, bicho de todo tipo: passarinho, "passarão", onça, jacaré...

Tem cachorro? Eu gosto de cachorro!

Não tem cachorro, mas tem lobo, que é o cachorro que mora na floresta.

Mas o lobo é mau?

Tem lobo bom e lobo mau.

Tem os porquinhos também?

Na floresta, não.

Mas a história diz que o lobo mora perto dos porquinhos.

Porco mora na fazenda, não na floresta. A história foi inventada.

O que é inventada?

É coisa que não existe.

Como tem coisa que não existe?

Olha só, filho, natureza é floresta, é planta e bicho tudo junto, com rio e cachoeira. Entendeu?

Entendi.

Ufa!

E o peixe? Também vive na floresta?

Sim, ele mora no rio.

E a cachoeira? Ele cai de cabeça? Faz dodói?

Não, ele sabe cair sem se machucar.

Ah...

O menino se levantou, pegou seus brinquedos e foi para o canto da sala com o jardim. Colocou os bonequinhos nos vasos e começou a brincar. Tinha lobo, carneiro, gato, cachorro, gente, todos correndo e pulando na floresta de verde que nunca acaba. O pai, vendo aquilo, sorriu e voltou a ler as notícias. De repente: "SPLASH!" Olhou assustado e viu o menino com o balde ainda na mão, a água se espalhando pela sala.

Que é isso, menino? Tá doido? O tapete da sua mãe!

É a cachoeira, papai!

ROTINA MATINAL

Faila Miranda

O sol se erguia colorindo o céu. Sua luz iluminava o ambiente, dissipando as sombras da noite. A claridade aumentava e o pequeno cérebro percebia que era hora de acordar.

Abriu os olhos amarelos e piscou, mais um dia começava. Primeiro, uma boa espreguiçada. Levantou-se e alongou todos os músculos do corpo, arqueando as costas, até tremer. Não foi o suficiente. Esticou as patas para frente, com o peito rente ao chão, deixando o quadril no alto, se espreguiçando dos dedos ao rabo. Agora, sim.

A barriga roncou, foi até o pote de ração. Cheirou... era de ontem! Ainda não tinham colocado ração nova em seu potinho, um absurdo! Precisava encontrar a humana. Chega de dormir, Márcia!

Entrou no quarto e procurou... viu o volume sob a coberta. Pulou na cama, chegou perto do rosto e:

— Miaaau!!!

Márcia nem discutia mais, se levantou ainda sonolenta e foi colocar a ração de Lili. Nisso, uma sombra passou pelo quarto. A gata arregalou os olhos e correu para a janela: uma ave dera um rasante! Algo diferente para comer! Mas, quando chegou, ela já havia se afastado. Sentou-se no parapeito para ver o dia lá fora: borboletas, abelhas... estas eram perigosas, melhor entrar. Ouviu o barulho da ração caindo no pote: comida! E correu.

Depois de comer, Lili estava cheia de energia. Como o pássaro havia escapado, o jeito era caçar o ratinho de borracha. Um tapa daqui, um tapa dali, corria e pulava, mas o ratinho escapava. Ela se escondeu ao lado do sofá e armou o bote. Olhar atento, patas encolhidas, sacudiu o quadril e saltou: POF! Pegou o ratinho! Mas também derrubou o ventilador, que se espatifou. O barulho foi tão grande que Lili se assustou e foi parar no alto da estante. No trajeto, mais acidentes: bibelôs e porta-retratos foram ao chão.

Márcia entrou na sala: um furacão? Não, era só Lili na sua rotina matinal. Rotina, isso mesmo, toda manhã ela aprontava uma travessura. Hoje fora um pouco demais, levaria uma bronca. A humana se aproximou com passos firmes, olhou a gatinha nos olhos, que a encarou de volta:

— Miau?

As mãos a pegaram, os braços deslizaram por seu corpinho e a envolveram contra o peito, o rosto se aproximou e a beijou. Ufa, havia escapado!

De volta ao chão, Lili viu sua caminha fofa com uma faixa de sol batendo bem em cima, deixando-a morninha e convidativa... por que não? A boquinha se abriu num gostoso bocejo e deitou enroladinha. Estavam encerradas as atividades da manhã, agora era só esperar a hora do almoço

MANHÃ DE LUA

Félix Barros

" Lua em pleno dia, e por que não? "

Lembrei imediatamente da letra da música cantada pelo saudoso Emílio Santiago, grande voz, sempre acompanhada por belos repertórios. Acompanhamento perfeito para aquela vista.

A lua teimosa brilhava no céu da manhã de Fortaleza. Dali do chuveiro, admirava a bola branca e serena, que invadia a rotina de um dia da semana e semeava um pouco de poesia e divagação.

Lua cheia de intenções, intrusa no ambiente, ficando sem pedir licença. Flanava sossegada no céu azul, indiferente ao tempo que passava e nos lembrava do horário de trabalho. O relógio de ponto cobrava sua taxa.

Após me vestir e alimentar, voltei ao banheiro, curioso. Ela ainda estava lá, meio que desdenhando do sol, impávida, solene. Deu vontade de escrever, mas iria me atrasar.

Segui, então, meu roteiro diário. Coloquei minha máscara, pedi um Uber para voltar ao modo automático. Bati o ponto, higienizei cadeira e estação de trabalho com álcool (estamos em pandemia de coronavírus), liguei o computador e mergulhei no universo das telas.

Pensei que deveria ter tirado uma fotografia, mas o trabalho diluiu esse pensamento.

À noite, após a rotina de descarte de roupas, máscara e banho, parei em frente à janela da sala. Lá estava ela, cheia, branca, inteira, como já disse o poeta. Passei alguns minutos em contemplação, recordando o luar da manhã.

Fiz, então, um poema celebrando a lua diurna, intempestiva e inesperada, invadindo, por assim dizer, o terreno do sol e compondo uma paisagem única de beleza e esplendor. Uma poesia visual que transcendia, mas que parecia vir acompanhada de música e silêncio.

Lua que invadia o caminho das nuvens brancas, em meio ao azul-celeste daquele dia claro, querendo brincar de maravilhas com o sol, que há pouco nascia. Que invadia meus pensamentos e inundava de poesia essa manhã asséptica, de rituais sem cor. Que trazia as estrelas para o pensamento de qualquer sonhador, quando cerrava os seus olhos. E enchia o peito, em canções inusitadas de beleza e amor.

O sono foi tranquilo. O poema invadiu meus sonhos. Deu a impressão de que cantei a noite inteira. Serenata à luz da lua.

O alarme tocou, lembrando da realidade. Corri para o banheiro, procurando sua imagem entre as nuvens. Não estava lá. Existem horas e lugares determinados para acontecer. Existem pessoas determinadas para ter a sensibilidade de ver. Fiquei triste por não ser todo dia, mas feliz por ter sido testemunha da beleza que há no mundo.

MANHÃ IMPERFEITAMENTE PERFEITA

Fernando Jaques Almeida

Era uma bela manhã de sol forte, comum no centro-oeste. Narcisa levantou às seis da manhã, após sair do seu luxuoso quarto com temperatura amena. Ela sempre admira os raios de sol que iluminam a sacada enfeitada de rosas, violetas e azaleias. Nessa manhã primaveril, pousou um sabiá na jasmineira, abaixo da sacada e começou a cantar e deixou a manhã mais linda. Parecia tudo tão perfeito. Narcisa desceu as escadas do tríplex para degustar o desjejum com o café espresso, feito com cápsula e que não dá para sentir o cheiro. Servido em xícaras de porcelana inglesa com enfeites florais e com suas iniciais gravadas a ouro. Após mandar os filhos para a escola, Narcisa faz o que mais gosta, caminha pelas ruas do condomínio, principalmente na primavera, vendo os buqus das árvores se formarem, como o ipê amarelo que costura um tapete no chão com suas flores caídas. Os raios de sol matinal banham as flores dos ipês, dando-lhes uma cor dourada. Narcisa caminhava sempre acompanhada de Freud, um chihuahua muito brabo com uma coleira de couro legítimo e pingente, gravado com seu telefone. No condomínio fechado de alto luxo o pequeno cão avistou um animal e saiu correndo atrás, passando por um buraco na parede e indo direto para a favela que se formava do outro lado da rua. Já passava das oito quando Narcisa saiu do condomínio desesperada dando a volta e indo direto na comunidade do "Rato Molhado"; qual foi a enorme surpresa quando, no terceiro barraco, encontrou Freud abanando o rabinho todo contente e brincando com Farofa e Café, dois vira-latas de puro-sangue. Eles cheiravam uns aos outros e balançavam o rabinho sem parar. Narcisa ao ver essa cena quase desmaiou, sendo socorrida pelo seu Ambrósio, dono da casa e dona Bene: — A madame tá bem? O cachorro é seu? Nós íamos telefonar agora mesmo para o telefone na coleira, é que meu celular tá sem crédito. Falou seu Ambrósio coçando a enorme barriga. É verdade, o Ambrósio tá passando umas dificuldades e não tem dinheiro para colocar crédito no celular. A madame aceita um cafezinho? — Falou dona Bene abanando o fogão a lenha com um bule de café fresquinho. Narcisa teve naquele momento um "start"; o cheiro do café fresquinho, o fogão a lenha com o delicioso cheiro de lenha queimando levou-a à sua infância, na fazenda do interior onde nasceu. Imaginava sua mãe abanando as brasas do fogão a lenha bem cedo, o crepitar da lenha pegando fogo e aquele cheiro delicioso de café deixou a milionária fora de órbita naquela manhã ensolarada e quase perfeita. Madame! Gritou dona Bene com uma velha xícara de café quentinho, que ela apreciou com muito gosto. Nesse momento, Narcisa pegou Freud no colo, levantou rapidamente saindo do transe e disse: — Essa foi a manhã mais imperfeitamente perfeita da minha vida. Começou a caminhar sumindo entre os barracos.

RAIOS DE SOL DA IMORTALIDADE

Franncis Antunes de Souza (O Anjo Amante)

— Então os raios da manhã iluminam minha face novamente e eu começo a pensar que o que torna o Homem livre e apto a voar nos seus sonhos seja a capacidade de se permitir viver leve e solto no ar, proseando entre os ventos serenos da noite e bailando sob as luzes primeiras de cada manhã. Pois continuar segurando esta consciência pesada, esta vida presa, este amor pobre, não levará o Homem a acordar e atingir além do que se pode ver e perceber, mantê-lo-á como este ser duro, angustiado e entregue às mais escandalosas e grosseiras emoções. Viverá sentindo-se pesado, preso aos descasos da vida e não encontrará nada além de seu próprio negrume a cada amanhecer. Um Homem assim chamará prazer de amor, realidade de vida, sucesso de felicidade e sol de melancolia.

— Quantos são os que acordam numa linda manhã e vagueiam pelo mundo afora carregando o peso dos seus sonhos na mala da frustração ou, como se poderia dizer, bagagem de esperanças perdidas?... Ando pelas ruas da cidade observando os olhares abismais e opacos como se não avistassem a intensidade do sol dessa manhã. O suor já lhes desce à fronte mesmo antes da dura labuta começar pelo contar das horas no expediente mecanicamente trabalhista. Não vejo brilho, não ouço assobios cantantes, não cheiro perfumes de libido e compulsão, não sinto nada além de almas vadias e vãs sobre um depósito de pele e ossos frágeis. É uma tristeza perceber que ali no fundo, enlameado e quase agonizante, o fluxo de sonhos e paixões sobrevive apenas no vislumbre de uma luz de possibilidade no olhar daquele que lhe deu a existência — e o pior é ele não saber da própria cegueira, mas não dos olhos, mas sim da alma que não desperta mais com o raiar do sol.

— Acredito que a manhã se resume em si mesma, não restam palavras, premonições ou preconceitos que a digam mais ou menos daquilo que exatamente é. A cada sol se faz um novo dia e em todo dia nascente há uma vida que se abre para horizontes ilimitados. Por isso, a esperança do sonho realizado continua a se renovar todo dia em nossos corações. O sonho se alimenta do brilho matutino das manhãs, cada raio de luz que chega penetrando e rompendo a escuridão nevoada em nossos olhos dormentes nos permite acordar para a grandeza do mar e o infinito dos céus, enchendo-nos da certeza que ainda não completamos nosso destino, não terminamos nossa história. Viver é lutar a cada minuto da manhã com a nossa própria natureza mortal e sair vencedor. Tornamos-nos imortais a cada amanhecer!

MANHÃ NOVAMENTE

Helena Klein

Não vou abrir os olhos. Mantê-los fechados faz a noite durar e o despertador no celular ainda não tocou. Não vou espiar. Rolo para o outro lado da cama, que está vazia e fria. Mais uma manhã de dia útil. Acordo sozinha e úmida. Levanto arrastando os pés para o banheiro nas velhas pantufas, nem tirei as remelas, e já vejo as mensagens. Nada importante.

Uma dúvida cruel, com os aumentos da energia elétrica, ligar ou não o aquecedor? Ligo, afinal, sou eu quem paga a conta. E, francamente, essa onda de frio chegou para valer. Não quero nem encostar na tampa da privada, mas preciso tanto fazer xixi. Escovar os dentes é outra luta, uma vez que água quente é coisa de gente rica. A duchinha Corona me encara, e se ela pudesse sorrir, seria um sorriso sardônico.

Missão cumprida. Banho tomado e termino de vestir as inúmeras camadas de roupas para encarar o mundo. Dizem que é uma época em que as pessoas se tornam elegantes. Onde? Só se for em Gramado, na serra gaúcha, tomando chocolate quente. Se eu pudesse me embrulhava nas cobertas dos pés à cabeça.

Na cozinha, a claridade já invade e deixa tudo em tom amanteigado. Nos feixes vejo a poeira aérea dançando. O mundo tem poesia, nós que esquecemos como se lê o entorno. A vida embrutece os sentidos e nos tornamos apáticos. A primeira dose anestésica é o jornal dobrado sobre a mesa.

O café passado mais cedo, pelo marido, e deixado na garrafa térmica, agilizando o processo. Logo, pego uma xícara e bebo rápido. O relógio confirma que posso me sentar, mas antes, busco a margarina e um cacetinho. Miserável é o pão de supermercado que esfarela todo, já sujei tudo.

Entre goles e mordidas, leio as manchetes. Inferno foi ter caído na lábia desse sujeito. O gás de cozinha batendo noventa e o combustível chegando aos sete reais. Quem dá conta de viver assim? Fora o supermercado, que absurdo o valor da cesta básica. Seiscentos e cinquenta e seis reais e noventa e sete centavos não tem nada de básico nisso. Largo o papel com desgosto e começo a colocar as coisas no lugar. Xícara, prato e faca dentro da pia e a margarina na geladeira. Constato que preciso abastecê-la.

Bolsa no ombro, máscara no rosto, pego os óculos escuros e vou para o corredor com as chaves em punho. Espera, tem o casaco. Agora sim, posso trancar o apartamento e seguir com o dia, em busca da sobrevivência digna em um país que parece não se importar se estou viva ou morta.

SAPATOS APERTADOS

Jaqueline da Silva Sousa

Sempre a cada despertar, novas possibilidades podem ser vislumbradas, promessas podem ser feitas e são nesses pequenos momentos do amanhecer que nos permitimos, quando estamos minimamente bem, mergulhar em nós mesmos e, uma vez submersos, nos guiamos ao horizonte.

Possivelmente você já passou pela experiência de ter que comprar um sapato. Seja lá o motivo, checa as horas, percebe que ainda é cedo e se dirige a loja. Durante o trajeto já pensou em um modelo, na cor, enfim, já tem tudo planejado.

Escolhe a loja, chama o vendedor e faz seu pedido. Em minutos ele retorna com sua solicitação e você, sem pensar duas vezes experimenta. Se olha no espelho e fica satisfeita com o resultado. Ao caminhar um pouco na loja para sentir a maciez do material percebe que está um pouco apertado. Por alguns minutos passa por seu pensamento: "Agora não está bom, mas aos poucos vai lacear". Você caminha mais um pouco e pensa melhor: "Vou pegar um número maior". De repente outro pensamento lhe invade: "E se lacear e cair do pé?".

A indecisão se instala e o que deveria ser algo simples se torna algo tão complexo. Diante disto a decisão vai se basear na ideia original. Sem mais, paga o sapato e sai feliz da loja.

Uma leve satisfação passa por você, afinal, você foi até o fim e conquistou seu objetivo. Antes de estrear o par de sapatos para o primeiro evento escolhido, opta por forçar o laceamento com auxílio de meias grossas. Caminha para cá e para lá e ainda assim percebe que está um pouco apertado. Mas afinal, o que importa é que caiu muito bem em mim.

Chega o momento escolhido e você está divina. Seu caminhar é encantador, mas só seus pés sabem a dor que estão suportando para que siga adiante com seus planos. Ao fim do evento, já descalça percebe bolhas, machucados e que sua pele está em carne viva. Olha a cena e faz um balanço geral de como foi a experiência de estar no evento e do seu caminhar.

Questiona se fez um bom negócio ao adquirir o sapato que tanto a feriu. Será que não teria sido adequado ter realizado outra escolha? Será que se eu perder peso irá me servir melhor?

E neste momento olha para seu par de sapatos e chega à conclusão de que eles não são para você. Definitivamente não foi o que você esperava e lamenta todo o investimento realizado.

Às vezes permanecemos em situações semelhantes por vergonha, medo ou por aparência, mas uma vez que nos sentimos fortes o bastante, podemos enfim contemplar um feixe de luz, mesmo que ainda seja dia.

UM GRANDE VENCEDOR

Amauri Martins

Adilson desde adolescente se preocupava com o seu futuro. Acordava cedo e todas as manhãs trabalhava como ajudante de mecânico, onde deu as primeiras marteladas. Trocou a solda elétrica e as chaves de roda por canetas, grampeadores e arquivos.

Experiências adquiridas e simpatia de sobra, Adilson usava a velha máquina de escrever para preparar laudas e atender trabalhadores que procuravam colocações.

Saindo da adolescência, mas com a cabeça de adulto, ciente, casou-se. Todas as manhãs pegava o Gordini verde e se dirigia ao trabalho. Vieram os filhos e um império se formou. Dotado de boas ideias trocou a Capital, grande e barulhenta, pela tranquilidade de uma cidade pequena e acolhedora.

Proprietário de uma olaria, acumulava tijolos. Trabalhando duro desde a manhã até o pôr do sol, Adilson construiu a sua morada e fez dela um resort, para acomodar filhos e netos.

Nas manhãs de sábado, no belo campo de futebol, Adilson recebia amigos e a quantidade de gols marcados, o colocava como um grande artilheiro na bola e no jardim.

Dispensando o trabalho de especialistas, Adilson acordava de manhã, e dando bom dia aos pássaros, via os jatos d'agua matarem a sede das inúmeras plantas que compunham o belo jardim, sempre bem-organizado.

No calor ou no frio, o banho matinal na piscina, não era dispensado. Admirar o pôr do sol estava na agenda diária, salvo quando chovia. O beija-flor, desde as primeiras horas da manhã, costumeiramente o cumprimentava e buscava do néctar das flores a necessidade de energia, em diversos pontos do resort.

Os netos o chamavam de vovô Totó e Adilson participava com eles, todas as manhãs, das atividades esportivas, como se todos tivessem a mesma idade.

A cervejinha, nos finais de semana, pela manhã, não era dispensada e `as vezes até com exagero, o faziam adormecer na sesta, após o almoço, que fazia bem à saúde e melhorava o rendimento no restante do dia.

Ciente que era um vencedor e pronto para compartilhar experiências com os amigos da comunidade onde vivia, Adilson foi colocando as suas ideias em prática, para contemplar a si e a quem estava ao seu redor.

Adilson conservava em seu resort, o velho Renault Gordini verde, em homenagem ao clube de futebol de sua preferência. Pela manhã, ligava o motor e enquanto esquentava, o nosso verdadeiro campeão confidenciava com o carro o tempo que ele ainda estava procurando o seu espaço e nem imaginava chegar aonde chegou.

A BANANA

Káthia Gregório

Melliá Castilha Hotel — Madrid.

Café da Manhã Imperdível.

Se não fosse a diferença do fuso horário, seria perfeito.

Mesmo tendo que acordar muito, mas muito cedo mesmo, ainda assim, valia a pena.

A variedade de pães, de doces, de frios, de sucos, de comidas quentes, de frutas, de cereais, enfim, de tudo, deixava os hóspedes se sentirem como realezas.

Apesar de toda a diversidade de comida, o meu café da manhã é simples, aliás, sempre foi básico.

Mas confesso, é uma sensação muito boa estar no meio da riqueza e da abundância.

Primeiramente, me servi com um copo de água, seguido de um copo de suco de laranja.

Dei voltas e mais voltas em torno da mesa banquete e acabei pegando alguns pedaços da minha eterna perdição: o pão meu de cada dia, francês, mas não genuíno. Continuei dando voltas em torno da mesa. Logo, encontrei a manteiga francesa, a minha preferida.

Segurando o prato com os pães, o garfo, a faca, a colher para um iogurte, talvez, peguei um guardanapo de papel, apesar de ter guardanapo de tecido na mesa e voltei a me sentar.

Um dia, ouvi de alguém uma frase um tanto quanto intrigante: "Restaurante de nível elevado disponibiliza guardanapo de tecido." Sempre me pego pensando sobre ela em diversos restaurantes frequentados.

Levantei-me para pegar uma xícara de café preto, amargo e, de volta à mesa, a cada mordida dada no pão, um suspiro de satisfação.

Em seguida, levantei-me para mais uma volta em torno da mesa digna de rei e rainha. Rodeei, rodeei e acabei parando perto das frutas.

Peguei aquela que, em meu país, há em abundância: a banana.

Voltei à mesa com ela na mão.

Logo, percebi que uma mulher me olhou com um riso e ar zombeteiros.

Apesar de quase ter os dois pés na África, com muito orgulho, não considerei a olhada como preconceito.

Sentei-me, coloquei a banana no prato, utilizando o garfo e a faca, cortei suas extremidades e depois fiz um corte ao longo de seu corpo, já sem a cabeça e os pés. Continuei minha operação fatiando a fruta. Após o primeiro pedaço, finquei o garfo nele e o levei à boca.

Não sei por qual motivo olhei para a senhora do sorriso e ar zombeteiros e percebi que ela havia ficado sem graça, parecendo meio decepcionada.

Ah, danada! Pensou que eu não sabia comer banana em lugar fino e chique?!

BOLACHAS MURCHAS

Kelly Hatanaka

Olho para dentro da minha geladeira. Respiro fundo e migro para a despensa. A constatação é a mesma: preciso ir ao mercado. Fervo um pouco de água, enquanto pego, reverente, o último saquinho de chá do armário. Pelo menos, é o meu favorito, de hortelã. Podia ser pior, já pensou se fosse o de erva doce? Detesto chá de erva doce. Só compro mesmo para botar as sementinhas no bolo de fubá.

O aroma do chá de hortelã entra nas minhas narinas e, apesar de não ser, assim, nenhum café, cujo pó acabou, ele cumpre sua função de me despertar. O que não é tarefa fácil. Nesses dias bicudos, eu tenho precisado muito do ânimo e da energia que só mesmo uma dose matinal de cafeína pode prover.

Pesco as últimas bolachas velhas do fundo do pote e as como puras mesmo, porque, adivinhe só o que aconteceu com a manteiga? Pois então. Acabou também. Faço, mentalmente, a lista de compras. Preguiça de pegar papel e caneta. Café, manteiga, leite, ovos. Tudo tão caro, vai dando um desânimo.

Difícil dizer quando começou. Talvez, há vinte dias, quando tomei a última dose da vacina e me senti de novo convocada à vida e pensei "Ah, pra que? Que preguiça!". Quem sabe, antes, quando o isolamento começou e me enredei na inércia, afinal, quem me conhece sabe que isolada, já sou: a pandemia só me levou ao próximo nível. Ou antes mesmo, em algum momento indeterminado, despercebido. O fato, é que ando vagando por uma névoa de desânimo.

Mesmo agora, mastigando bolachas murchas, penso: "será que preciso mesmo fazer compras?"

Não, imagina. Você pode aprender a fazer fotossíntese, tranquilo.

Suspiro. No fim do dia, irei ao mercado. E, num primeiro esforço para começar o dia, abro um portal de notícias. Dólar, índices da Bolsa, tempo instável, trânsito ruim, politiquices e bandidagens, um tédio. De repente, um pop-up se abre.

Após longo período, Mercúrio deixa de estar retrógrado. Seu bom aspecto com o Sol estimula ações práticas e os processos mentais. A Lua, que estava vazia desde ontem, entra em Libra e facilita a tomada de decisões. Nos próximos dias, Júpiter também sai da retrogradação e entra em Sagitário, trazendo boa sorte e notícias inesperadas aos nativos do signo.

Puxa, então era isso: Mercúrio estava retrógrado, Júpiter também. Agora, acabou. Engulo a última bolacha insossa.

Amanhã é outro dia e terei, no café da manhã, um ovo mexido, talvez uma tapioca com queijo e mel. Algumas frutas cairiam bem.

Cadê o papel e a caneta, para fazer a lista do mercado?

O CHEIRO DA MANHÃ

Letícia Fernandes

Outono se despedindo, primavera chegando e, principalmente, as manhãs frescas e iluminadas se apresentam ao abrir das cortinas. O sol brilhando. Abro a janela e o vento bate em meu rosto.

Olho ao redor. Em várias casas, para seus moradores o dia ainda nem começou. Nos pontos de ônibus, ao contrário, o sinal de que, para outros, o dia começou bem antes do raiar do sol.

Para mim, em frente à janela, o dia vai despontando com uma espreguiçada, daquelas que fazem nosso coração bater mais forte. Inspiro o ar e sinto a liberdade entrar nos meus pulmões através da brisa matinal.

Ao olhar para uma sacada me deparo com a demonstração mais verdadeira e autêntica de liberdade.

Um senhor, de cerca de 70 anos, nu, apoiado com os cotovelos sobre o muro da sua sacada. O mesmo vento que me acaricia o rosto, acaricia todo o seu ser.

Observo mais um pouco e vejo que ele se sente à vontade e, sua liberdade é exercida de forma ampla. O sol iluminando todo o seu corpo e, na mão direita uma xícara de café.

Um café... nada melhor que um café para nos despertar na manhã. Puro e forte, nos estimula a iniciar as tarefas do dia.

Nessa hora escuto o apito da cafeteira elétrica que finaliza o seu trabalho e perfuma o ambiente do meu lar com o cheiro inigualável que só um café tem. Meu olfato é aguçado pelo aroma que permeia toda a casa, juntamente, com o odor da manhã que, adentra meu lar, pela janela aberta.

Embaixo do meu prédio, o burburinho da rua indica que, realmente, o dia começou. Na padaria em frente, as senhoras entram e saem com suas compras de pão de sal e pão de queijo. Todos fresquinhos, mérito e dedicação do padeiro que, `as 4 horas da manhã, já estava exercendo seu ofício.

As manhãs em Belo Horizonte cheiram a montanhas, a orvalho, a ipês rosas, amarelos e brancos, tudo isso misturado ao meu cafezinho já pronto na cafeteira. Cheira a pão de queijo, patrimônio cultural do Brasil.

Particularmente, essa manhã tem um odor específico: o da liberdade. Liberdade de ser, de ir, de vir. Assim, como o vento.

O senhor nu na sacada? Já se foi. Explicitando a tão merecida liberdade, que só a maturidade nos permite viver em plenitude. Talvez ele saia de casa, talvez fique.

Tenho apenas uma certeza: Precisamos de liberdade. Tal qual a bandeira do Estado de Minas Gerais dita: *Libertas quae sera tamen* (liberdade ainda que tardia).

Nessa manhã, o cheiro da liberdade se ressaltou. Vou-me livre.

CAFÉ DA MANHÃ NA CASA DA DONA MARIA

Lidiane Telles

Dona Maria levantou cedinho e logo colocou a água para ferver. Café forte agrada toda a família que aos poucos vai chegando e sentando-se à mesa da varanda antes de cumprimentá-la com um beijo no rosto.

Chico — Mãe, o café tá pronto?

Dona Maria — Tá quase! Trouxe o pão de queijo?

Chico — E quando foi que eu me esqueci? Depois que o pai morreu, só eu que compro pão de queijo.

(Chega Lúcia com os filhos Vitor e Mateus.)

Vitor — Vó, tem bolo de chocolate?

Dona Maria — De chocolate acabou, a vó vai fazer de novo, mas tem de fubá e de cenoura.

Mateus — Vó, que cheiro é esse?

Dona Maria — É o café que eu tô passando! Não acostumou com esse cheiro ainda não, menino?

(Chega Renata com o marido Tobias e a filha Júlia.)

Dona Maria — (sorrindo e colocando a garrafa térmica sobre a mesa) — Agora que já tá todo mundo aqui, vamo rezar!

(Todos ficam de pé e de mãos dadas em volta da mesa, e rezam um Pai Nosso e uma Ave Maria. Quando terminam, sentam-se e começam a comer e a conversar.)

Chico — Hoje, o domingo vai ser muito quente!

Lúcia — Não vai não! Falaram ontem que tem previsão de chuva para hoje.

Renata — Quem falou?

Lúcia — Falaram lá no meu serviço.

Chico — Isso é conversa, nem é época de chuva!

Tobias — Mas os tempos estão mudados, Chico. O clima tá uma bagunça!

Júlia — Mãe, o Vitor tá me chutando!

Vitor — Não sou eu não, é o Mateus!

Lúcia — Pode parar com isso, Mateus!

Mateus — Não sou eu não, mãe!

Dona Maria — Vamo parar com isso e vamo comer?

Chico — Se o pai tivesse vivo queria vê se essas crianças fariam essas coisas.

Lúcia — Chico, os meus filhos são bem educados, tá!?

Chico (ironizado) — E quem é que tá dizendo que não é? Só tô falando que elas não fariam essas coisas.

Renata — E o que é que você entende de criança, Chico?

Chico (com o tom de voz mais calmo) — No meu tempo as coisas não eram assim não.

Júlia — Como assim, tio? O tempo pertencia ao senhor, por acaso?

Renata (falando com a boca semiaberta) — Júlia... fica quieta!

(Tobias interrompe.)

Tobias — Hum... Dona Maria! Esse bolo de milho tá uma delícia!

(Dona Maria sorri.)

Chico — Mas o que é isso, homem? Esse bolo é de fubá!

Dona Maria — Mas tudo bem! Muita gente confunde o meu bolo de fubá com bolo de milho.

Chico — Ora! O pai nunca confundiu.

Dona Maria — Seu pai não era comum, meu filho! Deve ser por isso que ele foi-se tão precocemente.

(Chico abre a boca para falar, quando de repente um trovão assusta a família e todos gritam e se olham com olhares amedrontados.)

QUANDO TUDO AINDA ERA SUBLIME

Lissa Rodrigues

Mas já tocou o despertador? A cama é tão gostosa! Ainda que o meu braço esquerdo esteja dormente. É o lado em que ela dorme e por algum motivo, nem o desabar das paredes a acordaria, mas se eu puxar o braço ela desperta imediatamente. E, por mais que me doa não poder mais cheirar os cabelos dela, que eu não me incomodo de eventualmente ficarem no meu rosto todo, é preciso acordá-la. Pensando bem, isso também não é nada ruim, ela se vira em minha direção sempre com o sorriso de quem tem tudo o que é mais caro na vida. E como eu amo esse sorriso!

Já amanhece falando pelos cotovelos. Ela sempre tem assuntos interessantes ou triviais e sempre me prende neles, inerte, eu entro no jogo, não me resta mais nada e eu passo a amá-lo também. No entanto, quando ela se cala para me beijar, com as pernas entrelaçando o meu corpo, eu já não sei mais de nada. Deve ser magia que tem nesses lábios que me deixam tão desnorteado em qualquer que seja a circunstância. Mau hálito matutino eu acho que nunca a conheceu, não é para menos, são sempre uns dez minutos para escovar os dentes, entre a escovação, o andar pela casa de pijama e o diálogo por mímica que compõem o seu ritual noturno. Tudo isso apenas me deixa mais encantado por estes lábios.

Eu sou incapaz de resistir aos seus beijos e logo vou sucumbindo de fome de amor pelos lábios dela ou de torpes por sua magia. Enfim, não sou capaz de racionalizar esse momento que me leva muito além do horário do relógio e, quer saber, para mim já nem existe relógio, horas ou cronograma, só ela e eu. Emaranhados, delirantes, suando como maratonistas e ofegantes como finalistas de uma prova de natação. Tudo isso me faz amá-la ainda mais e eu tenho a certeza de que o dia já foi abençoado por esse amor.

Vê-la tomando café é outro espetáculo. Ao contrário de mim, ela conversa a ponto de deixar seu café esfriar e sou sua feliz plateia. Antes que ela termine, me levanto, ainda de samba-canção, apanho o violão e me coloco de frente a ela, ainda de lingerie. O que posso fazer, se não uma ode à essa musa, de lábios carnudos e mágicos? Quando por fim ela termina, começamos a nos arrumar, cada um para enfrentar o seu dia, mas com certeza, desde que comecei a passar as manhãs com ela, os meus dias têm sido uma eterna espera pela próxima manhã.

A LISTA DE NÃO-TAREFAS

Maria Lopes

A vida é permeada por listas de tarefas — talvez não a vida de todos, mas definitivamente a minha. O prazer diário de riscar de um pedaço de papel velho a tarefa feita preenche quase todos os meus dias. Esta ocupação me proporciona um pequeno propósito e uma pequena recompensa ao ter uma lista para dizer a quem pergunta ao fim do dia "o que você fez hoje?". Digo com certo orgulho na voz todas as tarefas que concluí e que risquei do papel. A ocasião promove um deleite tolo que se mantém como uma rotina. Apesar disso me trazer satisfação e a possibilidade de me sentir produtiva, mantenho solitário um prazer muito mais íntimo. Falo de algo que não posso colocar nesta lista ou responder com orgulho quando sou questionada sobre os afazeres. Este segredo é iluminado pelo sol e abraçado pelo vento que atravessa a minha janela todas as manhãs. Não é nada em especial ou específico, mas sim uma coletânea de momentos breves e passageiros que me permito viver quando acordo — algo que poderiam descrever como descartável, mas que de forma modesta e despretensiosa preenche o dia e a vida. Eu jamais poderia descrever para os questionadores — mantendo o orgulho na voz — os ovos mexidos feitos com calma, ouvir o canto dos pássaros que insistem em aparecer naquela hora prematura ou me debruçar no parapeito da janela com uma caneca de café. Mas posso aproveitar todas as manhãs solitárias de forma feliz, plena e improdutiva.

Estas manhãs permeadas de sons, aromas e sensações têm certas condições. Elas demandam um lugar reservado, aconchegante e com a minha própria personalidade. Uma vez em outro espaço ou em outras circunstâncias, o mesmo prazer não pode ser vivenciado. Ele insiste em se manter reservado e em segredo.

Ainda assim, da minha forma e no meu tempo, estas manhãs se mantem livres dos problemas por vir. Elas ainda não checaram a lista de tarefas, não atenderam as ligações inoportunas ou se depararam com um problema sem solução. Sempre que acordo, a manhã me permite existir antes de produzir.

PEGADAS

Mariangela Botelho Franco

Preciso encontrar um motivo para levantar da cama todos os dias. O desconforto poderia ser um deles, certamente, porque não poderia chamar de cama o amontoado de papelão sob uma cobertura improvisada onde antigamente funcionou uma oficina, ora abandonada e destelhada. É o que tenho e é suficiente.

Saio cedo, ainda noite fechada. Puxo meu veículo com as forças que me vêm não sei de onde. Tenho fome, mas meu único pão dormido ofereci para o Mandrake, um vira-latas que recolhi cheio de pulgas e sarna, hoje gordo e lustroso como ônix. Eu sei o que é ônix, já possuí um anel com essa pedra.

Ando pela rua matutando. Tem certos dias em que penso em minha gente e sinto assim todo o meu peito se apertar. Queria passar com a carroça onde o cavalo sou eu e ir recolhendo todos os miseráveis cheios de pulgas e sarnas que encontro. Assim como eu, eles vivem sem se notar. Existem, sobrevivem, arrastam-se por ruas e praças. Quase sempre os homens se entorpecem nas bebedeiras compartilhadas e se encostam sob qualquer marquise para dormir o sono dos anestesiados. Eu resisto. Não quero mais viver essa não vida.

Amanhece. Automóveis e motos despertam do transe da noite. Minha gente também acorda. As mulheres preparam os filhos para o teatro triste da caridade. Criança comove, a necessidade não é fingida. Uma moeda, uma cédula amassada, uma penitência antecipada para o pecado a ser cometido. Meninos de cara ranhenta descobrem Mandrake entre o lixo que não é lixo, é meu ganha-vida. Fazem carinho com a ternura inocente. Não tenho nada para repartir com elas, que me alimentam com alegria fresca, diferentemente das mães, estas flores tristes e baldias que não têm onde encostar.

A meninada atende ao chamado das mulheres. Mesmo não possuindo casa com fachada escrita em cima que é um lar, elas ajeitam as cobertas num varal improvisado, com os olhos em cada cria preciosa. Eu não tenho nada nem ninguém. Me consolam as lembranças que já não são minhas, são de outro homem. Aquele que se destruiu no vício e virou um farrapo a arrastar uma carroça e a catar papel velho. Mas não me queixo, tenho o que mereço.

O que me dói mesmo é ver a minha gente pisando nas minhas pegadas. E aí me dá uma tristeza no meu peito, feito um despeito de eu não ter como lutar. Em silêncio, faço um carinho no único ser vivo que me olha com amor. Volto a ser cavalo entre buzinaços e xingamentos. E eu que não creio peço a Deus por minha gente. Que vontade de chorar!

TUA PRESENÇA

Marisa Toth

Recordar nos faz sentir a mesma emoção vivida no passado. Nos traz momentos de eterna gratidão e sentir no peito o coração bater descompassado, mas feliz, é realmente reviver a magia registrada em nossas lembranças...e é tão gratificante.

"Despertar ao teu lado todas as manhãs era tudo o que fazia do meu mundo, de um simples casebre, o palacete mais luxuoso e mais raro do mundo.

Lembro-me como se fosse hoje, os passeios ao amanhecer nas montanhas verdejantes de Cabo Frio (Capela do Morro da Guia/Morro do Arpoador) e de algumas praias (Arraial do Cabo...praia das conchas...), nossos lugares preferidos, onde o sol nos despertava com seus raios luminosos e penetrava em nossos corpos, fazendo daquele despertar um encontro de almas antigas e imortais, que nos permitia viajar no tempo de nós, sempre que estávamos sós.

O café da manhã, acompanhado da mais bela orquídea, completava aquela cena de entrega total, onde o Universo era nossa testemunha, com o brilho mais dourado do sol penetrando pela janela. Nossa vida foi assim, indescritível durante muito tempo, como as ondas e a brisa do mar, quando encontram a areia da praia. Uma entrega total, do avesso!!!

Nossas manhãs ficaram gravadas na memória com um amor imensurável, ao qual brindávamos todos os dias. Difícil dizer que tudo foi perfeito, pois não foi, mas conseguimos equilibrar nossas diferenças e dosar em 50% para cada um e assim posso afirmar que os momentos de insensatez foram suaves e logo perdoados.

Aprendi muito com você e creio que houve a reciprocidade desta aprendizagem. Você me ensinou o grande valor do altruísmo, pois quando adoeci e mesmo por tanto tempo, você cuidou de mim, como se cuida de uma semente que, lançada ao solo, precisa do sol e da chuva para crescer e fortificar-se. Você cuidava com todo o carinho que sempre lhe fora tão peculiar.

Tomávamos o café da manhã juntos, todos os dias...e conversávamos sobre o nosso sonho de envelhecermos em nossa casinha branca e azul...com flores na janela...dançando ao som de "Arthur's theme" de Christopher Cross" (música que marcou o início da nossa história, em 1982) e então você desenhava o nosso sonho em uma folha de sulfite, para que eu a contemplasse enquanto você estaria no trabalho, lutando por um futuro melhor pra nós, uma vez que eu não tinha como partilhar dessa luta com você, naquele momento. Por isso mesmo, o café da manhã se tornou um ritual sagrado em nossas vidas.

Tudo fazia parte da nossa esperança e fé de alcançarmos mesmo a plenitude do que sentíamos.... E quando tudo clareou, saímos em busca dos nossos sonhos.

Vivo como se ainda hoje me fosse possível te ter ao meu lado. Não me sinto só, pois a nossa união foi tão intensa, tão vivida e completa em seu intrínseco valor, que a nossa história fez de mim uma mulher eternamente feliz e tenho a certeza de que em algum lugar iremos nos encontrar de novo, pois fomos misturas homogêneas nos íngremes caminhos da terra".

MANHÃ DE VERÃO

Milla Domingos

Lembro daquela manhã quente de verão em que seus lentos olhos verdes, realçados pela vegetação, vieram em minha direção, a manhã daquele sábado se fez longa admirando nossa paixão.

O sol parecia nos entender, surgiu no horizonte muito diferente de ontem, sem pressa de chegar, decidiu lapidar seus melhores raios de luz, pois ao nos tocar ele logo percebeu que algo grandioso ali estava a se concretizar, ele estava mais expressivo e vivo para aquela hora da manhã, e assim continuou com todo seu esplendor refletindo vitalidade `aquele momento matinal, e com muita veemência firmou nossa cumplicidade.

A face do mar ruborizava, sorria e se alegrava ao toque do sol em sua pele azul-turquesa, ganhando tons quentes, ele não nos invejava, pois ali, naquele momento, ele também estava sendo acariciado e amado. A musa de José de Alencar, queimada em bronze, centralizada na areia, linda e faceira, testemunhava tais acontecimentos com muita simpatia.

Abraçados, contemplamos um pouco a magia da natureza se revelando para nós. Em seguida, beijou-me a testa, seus olhos me tocaram profundamente, logo me calei e me entreguei me deixando guiar pelo seu toque suave, me fazendo arrepiar. Meu corpo estremecia em cada toque seu, nossos corpos se olhavam e se entendiam com uma sintonia difícil de esquecer.

Oh! que saudades eu sinto dessa manhã linda que nos fez florescer um amor infinito, mas como pode ser bonito um amor sem perder. Todo amor em excesso tende a transbordar, não podemos desperdiçar, é um perda invisível que podemos materializar.

Aqui estamos ardentes de paixão, diante dessa imensidão, sentindo a brisa do mar, admirando esse lindo alvorecer, seus olhos brilharam quando comecei a lhe dizer que um fruto do nosso amor começou a crescer, e tudo que nós queríamos estava a se desenvolver em minha moradia, em sua moradia, no meu ventre, um amor puro e quente que acabamos de conceber. Nosso amor, agora, estar materializado, podendo ser visto e tocado.

Na manhã daquele sábado de sol, lembro bem desse dia, quando você com supremacia tocara a minha pele macia me fazendo estremecer, rica é nossa alegria em saber do dia exato que concebemos nosso filho, nosso amor é tão bonito que nos faz renascer, juntamos nossas melhores partes e fizemos um novo ser. Felizes plenamente estamos, pois agora completamos a família que sempre sonhamos.

CAFÉ COM MÚSICAS

Neusa Amaral

Era sete de setembro de 2012; Mariana, uma apaixonada arbitrária, ao vislumbrar a possibilidade de um reencontro com seu "Príncipe Encantado" não titubeou: Para Manaus voou!

Lá, se hospedou no Hotel Central da Cidade. Na manhã seguinte, à mesa do Café Matinal na cobertura do Hotel: um prédio com sete andares, Mariana se encantara com o indescritível cenário envolto a cânticos de pássaros típicos da região: bem-te-vis, sabiás, cigarras...

Esta sintonia fora interrompida com a chegada, via "sms", de certas músicas de sua preferência, o que levou Mariana a certo deslumbramento: a um estado de graça; graças a quem ela supunha tê-las postado; já que estas músicas não chegariam até ela por acaso.

Forte indício de que a presença dele; dela se aproximava. Encantada com os sons de: Amar não é pecado, Presente de Deus, Eu sei que vou te amar, entre tantas e tantas outras, compôs durante este dia sete: trinta e sete Acrósticos (parcial e/ou total), ao seu amado.

Mariana foi a primeira a chegar neste Café e a última a dele se retirar. Também pudera: um farto café! Nada faltava:

desde macaxeira cozida, polenta frita, omelete, pãonachapa, tapioca doce e salgada, até brioche e croissant caseiro, feito à moda da casa: sabores inigualáveis!

Imaginem! Tudo isto regado aos sons de certos pássaros e de seus ídolos prediletos! Pena! Toda esta magia como a neve se desfez! O dia termina, mas seu Príncipe não chega!

Tantas expectativas! Tantos sonhos transformados em pesadelos! Tanta alma desnuda, em Acrósticos, traduzida! Um verdadeiro tesouro perdido nas profundezas do oceano; ou seja: interceptado por "titeriteiros", criados por eles mesmos!

Revisito nosso amigo Arly Cravo: "A sociedade não perdoa uma cara de felicidade!"

Este fatídico desfecho não é obra de Deus ou do acaso, mas frutos da negligência de ambos os protagonistas: santa ingenuidade! Não foram perspicazes, em relação a tantas e tantas ciladas! Tantas manobras por "titeriteiros" praticadas: interceptavam mensagens, manipulavam locais e datas, desde longo tempo, sem deixar pistas (?)

Não houve despedidas! Tampouco, haverá! O que há é um grande aprendizado: para Mariana sem diálogo "tete-la-tete", encontro algum se concretiza(rá).

Desse indescritível "Café da Manhã": iguarias sem igual, regado a sons especiais; o que nos resta, além dos pesadelos, é a certeza de que Mariana a este mundo virtual nunca pertenceu, tampouco pertencerá!

Enfim, ambos preservam dentro de si um inexplicável amor fraternal que se traduz numa indescritível sensação de alívio, bem-estar! Mariana é hoje o que deveria ter sido há dez anos!

Não houve frutos! Valeu a beleza e o perfume das flores!
(Henfil?)

PENSAMENTOS BORBOLETA

Nicoli Cristine Ruprecht

Antes de abrir os olhos os pensamentos estão acordados, consigo escutar os passarinhos e automaticamente lembro que hoje é o dia mais feliz do ano, meu aniversário, o sorriso abre como um arco-íris no céu.

Ali mesmo ainda deitada, cheia de almofadas, os pensamentos borboleta agradecem por mais um ano de conquistas que passou e uma lágrima desliza nas minhas bochechas como sinal de gratidão, apenas existo e deixo transbordar, por entre as lágrimas um brilho de sol passa pela janela e por mais que eu prefiro a chuva o sol vem para aquecer a alma e a manhã mais uma vez me surpreende.

São quase oito horas quando finalmente consigo parar de chorar e me levantar, só por um instante, vou até a cozinha e faço uma xícara de chá, pego um livro de poesias e me dirijo para a varanda, abro o livro e antes de conseguir começar a ler o transbordar da alma volta só que desta vez eu fecho os olhos e permito que as borboletas voem para muito além dos pensamentos como se elas tivessem me desejando feliz aniversário.

Já são dez horas, o sol começa a diminuir e como um presente a chuva começa a cair do jeito mais belo que podia existir como em uma quarta-feira de manhã típica de inverno, mas é primavera, em um instante as lágrimas param, as bochechas secam, o chá acaba, a chuva aumenta, os raios aparecem, mas o sorriso continua o mesmo, as borboletas que já tinham saído dos pensamentos andam pela casa com total liberdade como se estivessem no céu.

Faço outra xícara de chá e dessa vez as lágrimas decidiram dormir, fecho o livro e aprecio a vista, as árvores balançam com o vento que agora chegou para não deixar a chuva sozinha.

O presente do dia que é a chuva foi como um abraço na alma dizendo que vai ficar tudo bem e em um piscar de olhos as lágrimas acordam e tudo começa novamente, porém, o chá acabou e agora os raios param, o vento vira uma brisa leve e a chuva diminui, antes que conseguisse parar de chorar o sol começa a surgir fazendo do arco-íris que antes era parte do sorriso, realidade.

O relógio toca lembrando que é hora de trabalhar, os pensamentos borboleta lembram que os meus pequenos cidadãos estão me esperando com sorrisos de arco-íris e isso é motivação suficiente para a chuva parar de vez e as lágrimas cessarem. O dia está apenas começando, as borboletas sempre me acompanhando, as lágrimas voltam e antes de sair de casa o arco-íris desaparece, entretanto permanece no sorriso, a borboleta, está na cortina da varanda e na alma.

A VIZINHA DO 741

Pedro Passos

Todo dia eu fazia tudo sempre igual, me levantava, espreguiçava, abria as cortinas e respirava fundo enquanto olhava pela janela, mas aquela quarta-feira foi diferente de todos os outros dias.

Quando abri os olhos, do outro lado da rua, na casinha rosa, número 741, de baixo do filtro dos sonhos, eu a vi pela primeira vez, debruçada na janela, com seus cabelos compridos, vestido colorido e dona do sorriso mais lindo do mundo.

Ela olhava para frente com cara de apaixonada. Apaixonada pela vida, pelo vento que batia em seu rosto, pelo som das crianças que jogavam bola na rua e até pelos carros que buzinavam querendo passar por aquele caminho, que agora era um campo de futebol.

Todas as minhas manhãs eu gostava de sentir meu primeiro raio de sol, era o que fazia meus dias começarem, mas isso não era nada agora, o mais importante era aquele sorriso, ver aquela paixão.

Ela sempre estava lá quando eu acordava. Dia após dia. Parecia que era para mim. Eu precisava conhecê-la, não queria beijar ou namorá-la, eu queria ver aquele sorriso de perto, ouvir o som de sua voz, queria tomar um sorvete com ela e conversar sobre nada e sobre tudo...

Até que um dia amanheceu com uma chuva torrencial, a janela da vizinha do 741 estava fechada, depois de tanto tempo não comecei meu dia com o seu sorriso e por isso, meu dia não foi igual, foi sem vontade, sem alma. E aquela semana toda choveu, e assim como o céu, eu fiquei mais apagado.

A chuva passou, o sol apareceu, mas ela não. Eu queria ir lá bater na porta e perguntar o que havia acontecido com ela, será que ela estava bem?

Tudo melhorou no dia seguinte, ela apareceu, diferente, cabelo curto, faixa no cabelo, porém, sempre com um grande sorriso para a vida.

Tomei coragem, respirei mais uma vez, peguei meus óculos na cabeceira da cama e fui na direção de sua casa, chegando lá, a poucos metros dela, arregalei meus olhos e fiquei sem voz.

Uma senhorinha apareceu ao lado dela sorrindo para mim:

— Oi rapaz, tudo bom?

— ... — não conseguia dizer nada

— Bonita minha namoradeira né? Gostava da antiga, mas esses moleques da rua acertaram uma bola nela e a quebraram em vários pedacinhos.

Saí de lá sem reação, voltei para minha casa e prometi a mim mesmo, que a primeira coisa que eu faria todas as manhãs, seria colocar meus óculos, depois me levantaria e respiraria fundo na janela.

DIA DE CHUVA

Pedro Passos

Hoje, domingo, acordei antes das oito, como usual, mas mesmo antes de abrir os olhos eu ouvia o barulho da chuva lá fora, batendo na minha janela. Esses dias são sempre os meus favoritos.

Me espreguicei no escuro e fiquei aproveitando aquele som e o cheiro da terra molhada. Tive um sono incrível, mesmo sem perceber que lá fora chovia, relaxei e tirei toda a tensão que vinha acumulando nos dias anteriores.

Levantei-me, preparei uma caneca de chocolate quente e voltei para o meu quarto com Gilberto Gil e sua Refazenda na caixinha de som, sentei no parapeito com uma manta em minhas pernas, abri a janela e senti aquele vento gelado entrar, me fazendo arrepiar, mas apresentei o meu melhor sorriso para o dia.

Não era uma chuva forte, nem um chuvisco, era constante, chuva de domingo, que não dá vontade de fazer nada, só voltar para debaixo das cobertas, ligar a televisão e rever uma comédia romântica boba.

O problema é que tudo isso me faz lembrar de você, dos seus olhos castanhos, do cabelo bagunçado quando você acordava, o café da manhã na cama e até do seu ronco. Eu consegui me desfazer da maioria de suas coisas, mas não do violão.

Era principalmente nesses dias que você acordava antes de mim, se sentava ao lado dessa janela e tocava. Ou tentava...

No início eu acordava quando você errava e o violão parecia que gritava de dor, como se tivesse sido machucado, eu dizia para você tocar com mais carinho, ainda com a voz rouca de boas horas de sono, mas com o tempo, você foi ficando bom, muito bom mesmo e não tinha nada melhor do que acordar com você tocando e cantarolando Milton, Caetano e tantos outros para mim.

Agora quando acordo, é diferente, não tem você do meu lado, nem na janela, só o violão.

Eu tentei aprender, mas o violão grita muito e não tem ninguém aqui me dizendo para tocar com carinho.

Será que quando tudo isso passar, vamos querer nos ver de novo?

É, não sei.

...

Enfim, não quero ter mais essas lembranças, vou deixar o violão na casa da sua mãe amanhã, você pode pegar ele lá.

PORTAL

Raquel Pereira Carvalho

O galo canta, anunciando uma nova manhã. Logo me pego apreciando minha rua, cenário de uma reunião de passarinhos voando e cantando nos fios dos postes. Há canários, bem-te-vis, e beija-flores. As maritacas soltam gritos, as mais espertas imitam os cães, latindo tão alto quanto eles:

Au! Au! Au! Au!

É verdade, juro que não estou inventando! Mas para não dizer que sou soberba, admito que há rolinhas também. E pombos, claro... Faço café e, como um ritual cotidiano, sento em minha poltrona preferida com estampas que remetem à Inglaterra: Ônibus de dois andares, cabines telefônicas vermelhinhas, St Paul's Cathedral e a bandeira. Símbolos que ilustram meu desejo de conhecer Londres e Liverpool. Já imagino Caetano por aquelas bandas... Tempos difíceis, é verdade, mas cheios de misticismo. Já me despedi de meu esposo, abençoando-o para o dia de trabalho. Ligo o som. Debruçada na janela como uma namoradeira, me vem uma saudade gostosa das férias, de passear de mãos dadas... E em uma piscada, me vejo aqui, no chão da minha casa! Ah, a janela... Ela é um portal! Ao mesmo tempo em que me guardo do mundo, espio e viajo. Essa vontade de sair mundo afora...

Não que eu não saia nunca, porém, a essencialidade da vida está mais restrita. Assim, vou aprendendo a me expandir pelo pensamento. Meu espaço mais extraordinário é a mente. Penso nos dias que a vida se espalhava sem medo, quando os parques ficavam cheios, o cheiro de pipoca misturado com algodão doce no ar e as pessoas gargalhando a liberdade de vida boa! Enquanto viajo em meu mundo particular, a rua aqui tem personalidade própria: Se ao amanhecer ela é calma e silenciosa, com o passar das horas, as outras janelas do prédio à frente também se abrem... O auxiliar de limpeza começa a molhar as flores do jardim. E o padeiro passa com a sua buzina do Chacrinha. E um vizinho agitado coloca bem alto músicas que não me agradam. E passa o vassoureiro: "vassoura, vassouraaaaá". E, o Carro das Delícias: "É o Carro das Delícias, freguesa! Tem pão doce, rocamboles, linguiça... Tudo para o seu lanche!". E, como me esqueceria do vendedor de cocadas? Ele vem cantando: "Quem nunca provou, prove dela. É cocada gostosa, com leite-moça e canela". E é «o carro do pão de queijo, cem pães de queijo por apenas vinte reaaais!". Gente, quase esqueço do peixeiro, mas acho que já deu para me entender... Sou a esperança, torcendo por dias melhores para todos. Faço valer a pena meus sentidos, e eles estão à flor da pele.

COMEÇO DE UMA MANHÃ ENCANTADA

Rose Grecco

Meu local de trabalho fica a 8 quadras da minha residência. Faço o mesmo percurso há 9 anos, com sol ou chuva, frio ou calor, saindo 07:30 h, de segunda a sexta-feira, numa caminhada matinal prazerosa. Nas manhãs de inverno, é comum a paisagem ficar mais bonita por causa da geada que deixa branquinhos os campos, as plantas, a água. Também tem aquela garoa que deixa tudo cinzento, num clima europeu típico do sul do Brasil ou a cerração, que envolve tudo com uma névoa cheia de mistério sendo que as pessoas "surgem" de repente, faróis acesos são percebidos só bem perto. Esse fenômeno da natureza só se dissipa em torno do meio-dia.

O itinerário que faço caminhando diariamente passa por vários prédios públicos, tem a Praça Central que atravesso por trás da igreja (será pecado?...) para encurtar caminho. Às vezes, tenho um pouco de medo e um friozinho na barriga quando ainda está escuro, a praça deserta com muitas árvores, faz minha imaginação fluir solta...Nesses minutos que me ligam da minha casa até meu trabalho, observo uma rotina sem compromisso estabelecido: Passa por mim um homem que vai trabalhar de bicicleta e me diz um "Bom Dia", crianças indo para a escola, uma menina carregando uma mochila que me dá um "Oi", uma moça que passa por mim apressada e não me diz nada, alguém que passa de camionete escura e buzina de leve como a dizer "Bom Dia!", uma mulher com roupa de ginástica que s vezes cumprimenta, outras não e um senhor bem idoso que fica sentado na frente da sua casa, tomando chimarrão e me diz "Bom trabalho pra ti, hoje não vai chover" ou "Bom trabalho pra ti, hoje vai ser um rico dia"...

De repente, em curto espaço de tempo, me vi fazendo esse percurso solitariamente... Não encontro mais no caminho ninguém e sinto tanto a falta de alguém me desejar "Bom Dia de Trabalho" ...

O que continua todas as manhãs são meus passos firmes nessas ruas quase desertas... Digo quase, porque alheios a tudo, ouço a algazarra dos passarinhos nas árvores, numa gritaria que me soam como gargalhadas de alegria que imagino serem pra mim e agradeço ao Criador...Numa manhã dessas, ao caminhar dentro da praça, me deparei com um casal de tarrã, ave relativamente grande, que resolveu fazer ninho nas imediações. Nessa minha rotina diária da manhã, `as vezes vou cantando, dou carinho para algum cachorro que vem ao meu encontro, faço oração em agradecimento a Deus, observo as plantas, olho para o céu e verbalizo: "Ainda estou aqui! Gratidão!" Das partes que formam o dia, pra mim, a manhã é a mais importante, é o começo de tudo. E nessa jornada que começa cedo, me sinto "íntima" das ruas, das praças, dos pássaros, do céu, do nascer do sol, de tudo. Esse encantamento termina quando chego ao meu local de trabalho, quando os afazeres me absorvem. Mas na próxima manhã, começa tudo de novo...

EU PASSARINHO

Séfora Oliveira

Tenho por hábito viajar nas férias e feriados para um sítio no interior. Lá, na calmaria, sou capaz de comungar com a natureza, apreciar a paz e o silêncio, encontrar comigo. O meu recanto é cercado por morros, onde sobrevive um resto de Mata Atlântica e Caatinga. Árvores adensam os cumes e arbustos esparsos ocupam as bases. Mandacarus, Juremas, Paus-ferros, Itapicurus, Sucupiras, Ipês, Mangueiras, Jaqueiras convivem com casas de telhados antigos e cercas rústicas. Galináceas e burros se misturam com preás, mocós, corujas buraqueiras, quero-queros e saquês.

O povo local mantém velhos hábitos cordiais, andam naquele ritmo lento, típico da roça; mascam fumo e dão cuspidelas distantes; fumam cigarro de palha, contam "causos" mentirosos; cumprimentam desconhecidos como se fossem velhos amigos, tocando a aba do chapéu.

Eu, estrangeira nesse lugar, sou respeitosa com a biodiversidade, o verde, o selvagem e a gentileza do seu povo. Me atenho a apreciar, da minha varanda, as manhãs que nascem. E as manhãs são lindas por lá. No alto das serras, contrastando com o verde, uma neblina fina e fria cobre tudo. Me faz lembrar um velho ditado que a minha avó repetia: "Neblina na serra, chuva na terra. Neblina na baixa, sol que racha."

A luz vai aumentando com vagar, vem o alarido dos pássaros. Ouço antes de avistar, o Bem-te-vi empoleirado no pé de Jatobá. Ele, exibido, canta alto: "bem-te-vi, bem-te-vi". Conheço sua cara engraçada, coberta por uma máscara preta e branca, que me lembra um irmão metralha, personagem daquele desenho infantil. Vejo rolinhas, que de tão roliças lembram vovós gorduchas enfiadas em seus vestidos marrons, empenhadas em afazeres domésticos. Voam por lá papa-capins que posam leves sobre as hastes do capim-guiné, desafiando a lei da gravidade. Avisto um cardeal com sua cabeça vermelha em postura arrogante e imagino que o nome lhe subiu à cabeça, literalmente. O meu preferido chega mais tarde, o sofrê. Ele é exuberante e sabe disso. Anda vestido em plumagem preta e laranja brilhante. Mas por que um nome tão triste? Alguém sofre ao ouvir tão lindo canto?

Quando o sol domina o dia tudo silencia. Os pássaros vão cuidar das suas vidas. Vou tomar o meu do café. Assim, passo minhas manhãs no sítio, apreciando a mudança lenta da luz, o amornar do clima, ouvindo a cantoria. Lá os problemas são efêmeros, não existem pressa e atribulações. Como disse o poeta Mario Quintana: "Todos esses que aí estão atravancando meu caminho, eles passaram... Eu passarinho..."

PASSANTES

Séfora Oliveira

Gosto das manhãs e dos amanhãs, que trazem a esperança do recomeço. Me lembram a algazarra dos passarinhos, logo que o sol nascia, da luz filtrada pelas copas das árvores no meu quintal ou pelo vidro amarelado da cozinha. Na mesa repousavam o café com leite (cheio de açúcar), com cheiro de manhãs na casa de vó; cuscuz com ovo e cuidados de mãe.

Manhãs chuvosas, com cheiro de terra regada. Os pássaros se aninhavam e emudeciam, substituídos pelo coaxar dos sapos. A luz era quase ausente, enquanto o sol travava um duelo com as nuvens densas e as gotas que caiam do céu. Dia vencia um, dia vencia o outro. De qualquer forma a manhã e a beleza se estabeleciam.

Naquele tempo eu pulava cedo da cama, cheia de uma esperança secreta própria dos inocentes. Afastava a cortina e o sono, decidia o que fazer com a manhã ao olhar pela janela o meu quintal. Pular amarelinha ou corda, voar no balanço preso na mangueira velha, correr para o riacho? Isso nos dias de sol e luz. Pular poças d'água, tomar banho de bica, fazer tortas de lama? Quando as manhãs nasciam inundadas por lágrimas de São Pedro.

Hoje, teimosa, insisto em despertar com a madrugada. Ouço, quieta, o chilrear de um pássaro, morador acidental da cidade de arranha-céus e concreto. Vejo a rua de cima, da janela do terceiro andar do prédio onde parei. O amanhecer é coberto de fuligem e pó, dando ao horizonte um alaranjado brilhante que me causa admiração, inocente sobre o futuro trágico anunciado por aquela beleza. Buzinas estridentes, pedestres, carros e trens do metrô se deslocam velozes, `as cegas para o amanhã.

Bebo meu café, agora sem leite ou açúcar, farão mal `as minhas artérias. Observo as pessoas, me pergunto aonde vão tão apressadas? São passantes desnorteados, olhos fixos à frente, parecidos a burros de antolhos. Nada os distraem, seguem o fluxo frenético em direção ao trabalho repetitivo. Preenchem as voltas do relógio com compromissos e deveres, adiando as realizações e sonhos para depois da aposentadoria. Será que são incapazes de apreciar a finitude da manhã? Sua tepidez? A luz morna que cobre o mundo nesta hora? Pobres coitados, desfilam pelas manhãs sem notar o seu lirismo e poesia próprios. Aonde esqueceram a criança que pulava na chuva, sorria sob a réstia de sol, continha certezas felizes e sabia que nada atrapalharia suas estripulias? Sento em minha escrivaninha, ligo o computador, encaro a tela em branco. Preciso criar manhãs cheias da esperança secreta dos inocentes. Os passantes precisam delas...

COMO SERIA O DIA PERFEITO?

Sueli Oliveira Coelho

Ao olhar pela janela do quarto, vejo o que seria o brilho da luz — de um luar -, é o da madrugada com a luz das estrelas que fico a contemplar. Olho atenta a transformação do amanhecer acontecendo, os raios da primeira luz do dia vão chegando, invadindo o quarto e iluminando tudo ao redor.

Apreciar essa beleza tão encantadora me faz pensar o quanto a vida é bela, e um sentimento de gratidão invade o coração, então paro e entro em conexão com Deus, e na adorável conversa com o criador, peço forças para enfrentar o dia que se apresenta.

E o amanhecer!!!! Como é lindo. Ele faz meus olhos refletirem minha alma, me faz parar para ouvir o canto dos pássaros, o miar do gato, o latido das minhas cadelas que acordam pedindo para passear.

O tempo vai passando, e o tic-tac do relógio, me alerta que o tempo não pode parar. Mesmo assim continuo ali, imóvel, apreciando e contemplando.

Nesse instante, lembro-me da minha querida infância, onde acordávamos cedo, com o galo nos avisando que já era hora de levantar. Para eu traquinar, correr pelo roçado, subir nas árvores, colher frutos dos pés... E passar o dia ali, só a brincar.

Vamos!!! Tá na hora de levantar!

Nada como um bom banho para despertar, conectar o corpo, a alma, a mente e o espírito, e me preparar para o dia perfeito. Enquanto me arrumo... uau ... um cheiro delicioso invade o ar, o aroma de café quentinho que daqui a pouco vou apreciar, não dá pra resistir.

Energias restauradas, agora é hora de seguir. Ao sair no portão, as cadelas me olham e perguntam: Humana! Você vai voltar? Volta logo que queremos brincar!

O percurso é longo, mas não tenho do que reclamar, vou apreciando a paisagem, ouvindo música, olhando as nuvens e percebendo o amor de Deus acontecendo, e vendo o tempo passar. Sou feliz, pois tenho um Deus a me guiar. Se o dia será perfeito? Não sei, mas quero que sim. Só sei que os fardos dos nossos dias às vezes são pesados, e podemos escolher carregar esse fardo de uma maneia mais leve, por isso precisamos aprender a captar, converter e canalizar.

Enquanto dirijo, sinto o cheiro da terra molhada, o vento suave bagunçando meu cabelo e o sol ofuscando minha visão com seu brilho intenso. Paro no meio do caminho para desfrutar, tomar uma água de coco e aproveitar, este é para mim um dia memorável e feliz.

Vamos em frente, a jornada continua. E o trânsito? Os carros continuam apressados, mas não me deixo afobar, eu só queria não ver o tempo passar...Continuar deixando as emoções invadirem meu ser, e sentir o dia acontecer.

Meu dia perfeito, pode não ser, mas esse é o dia que escolhi, pois escolho ser feliz.

Hoje é o dia da minha, da sua, da nossa felicidade, hoje é o dia de nos libertar, e viver a perfeição que cada novo amanhã nos dá.

Escolho viver o hoje,

Escolho viver o agora,

Escolho meu dia perfeito em cada detalhe que posso apreciar.

E você, qual seu dia perfeito? A escolha é sua!

E POR QUE NÃO?

Tiago Soares

Dona Irene chegou ao asilo no começo de uma manhã nublada de outono, onde tudo poderia — e parecia — contribuir para uma má disposição de espírito. Não para ela, que buscava, com suas décadas de experiência em otimismo, achar o lado bom das coisas. Do outono, ela gostava; das manhãs, gostava mais; das manhãs nubladas, mais ainda; do asilo, poderia aprender a gostar. "E por que não?", pensava, com seu otimismo inspirador e sabe-se lá advindo de onde. Outra pessoa em sua condição ralharia com a vida. Dona Irene, jamais! Recém-chegada ao asilo, quis logo fazer amizade. Afinal, aqueles seriam seus novos companheiros. Quem sabe até, dali não acharia um novo romance. "E por que não?", tornou a pensar. Seria isso como um presente de aniversário, que se aproximava. Dona Irene julgava verdade o fato de que ninguém faz aniversário impunemente. O preço que se paga por isso é a velhice. E apesar do asilo, havia jurado a sua própria consciência que seria feliz.

E ali estava Dona Irene, como dizem os jovens, resiliente, disposta a novas amizades, ou como já dissera, até mesmo a um novo par. Um simpático gato na janela olhava-a com um misto de curiosidade, preguiça matinal e indiferença, equilíbrio esse que todo gato parece conseguir estabelecer. Dona Irene então respirou fundo e julgou romântico aquele ar matinal, ainda um pouco gélido, que lhe doía as juntas, mas lhe dava a oportunidade de se envolver num elegante xale, que trouxera de Portugal duma viagem que fizera há poucos anos, talvez duas décadas ou três, não lembrava bem. Ao arrumar a indumentária, reparou um senhor que lhe piscava um olho. De imediato, ao notar o flerte, sorriu em resposta. Logo percebeu o equívoco, ligeira gafe. Era apenas um tique nervoso. Melhor assim, pois a pensar friamente, mesmo que ele estivesse a lhe piscar, se faria de difícil. Não por muito tempo, claro. A vida é curta e ela sabia que a dela, ainda mais. Para nova tentativa de entrosamento em sua primeira manhã, iniciou mais uma volta pelo pátio e procurou consolo numa simpática senhora que logo buscou assunto.

— Olá, me chamo Arlete! Há mais de uma aqui, então me chamam de Arlete, da artrite.

— Me chamo Irene. Por enquanto, apenas Irene.

— O que você tem nessa mão fechada aí, Irene?

— Adivinha.

— Um doce?

— Não.

— Um pássaro?

— Errou.

— Então o que é?

— Sequela de um derrame.

Arlete sorriu. Seria esse o início de uma bonita e — infelizmente — não tão longa amizade? Ora, "e por que não?".

REQUINTE MATUTINO

Tiago Soares

Da janela, com minha xícara de café pendurada ao dedo, observei satisfatoriamente sua aproximação. Era esse o terceiro convite que ela aceitava para tomar café da manhã comigo. A parte do dia que mais gosto, com quem mais gosto. Não quero me gabar, mas passo manteiga em pão francês como ninguém. Estou me tornando especialista. Já sou desses que antes de beber, agito o café na xícara e com cara de esnobe anuncio o que ninguém sabe: "grãos torrados e moídos". Comprei um pincel para passar manteiga no pão. Digo a ela que o aço da faca, em contato com a manteiga, causa um processo químico que retém certas substâncias, aumentando assim o glúten do alimento e diminuindo seu sabor. Que nada! Finjo ser um cozinheiro refinado para a impressionar. Até tiro o miolo do pão com um descascador de batatas cromado, comprado da China. E tudo isso ao som de Brahms. Ando tão refinado, que apesar do desconforto, tenho tentado me sentar no vaso com as pernas cruzadas.

Mas com grande pesar vos digo que de nada me valeu tamanha sofisticação, pois minha digníssima pretendente fez-me uma pergunta que pôs tudo a perder.

— Por que só me convida para o café da manhã e nunca para jantar?

— E agora? Só sei preparar cafés da manhã. Com maestria e requinte, claro, mas apenas.

— Por ordem médica, estou proibido de jantar — foi a desculpa arranjada.

— Hemorroidas?

— Não! E na verdade, a recomendação veio indiretamente, do famoso médico, Dr. Watson, amigo do Sherlock Holmes. Certa vez, Holmes disse que não fazia as refeições regulares quando em grande esforço mental, pois não gostava de desperdiçar sangue nos processos digestivos, o concentrando em seu cérebro. Como o Dr. Watson, que é quem escrevia os relatos, não se dignou a escrever uma linha sequer a desmentir isso, creio que tudo seja correto e tomo para mim essa indicação. E na cozinha, para me aprimorar, preciso de todo sangue no cérebro.

— Entendo! Mas então posso vir almoçar?

— É que fico em casa apenas pela manhã.

— E no domingo, que tal?

E agora? A única salvação seria distraí-la, no que logrei êxito quando bebi café de canudo. Ela estranhou e pude explicar que é para minimizar o contato da cafeína com os dentes, de modo a evitar o amarelamento. Sou assim, muito fino. Um dia essa moda pega em Lisboa ou Paris. E se não, ao menos serviu para distraí-la e ganhei uns dias para aprender a cozinhar. Nossa, como ela faz perguntas. Vou evitar comer mesmo, pois preciso de cérebro. Só mais esse pãozinho...

BOM DIA, BORA PRA VIDA!

Veridiana Borges

Amanheceu, sinto um toque suave em meus pés e desperto. Não sei bem como este ritual começou, mas confesso que eu amo ser acordada desta forma tão carinhosa e meiga. Meu marido conseguiu encontrar um jeito tão peculiar e amável de me acordar que, quando ele não faz, eu sinto falta. Incrível, mas meu dia não tem a mesma luz e leveza, quando isso não acontece, falta algo, é um vazio que nada é capaz de preencher.

Enquanto suas mãos acariciam meus pés, desperto de forma tranquila. Confesso que não sou muito receptiva quando acordada abruptamente. Além disso, a forma como começo meu dia afeta a minha produtividade e meu estado emocional, fatores essenciais para o meu desempenho.

Neste instante, escuto a voz dele dizendo:

— Bom dia, amor. Fecha a porta para mim.

Olho para ele, dou aquela espreguiçada, levanto.

Vamos até a porta, o beijo matinal acontece e eu digo:

— Bom dia, meu amor! Que Deus te abençoe. Bom trabalho.

Fecho a porta. Volto para cama, faço uma oração, converso com Deus e agradeço por mais um dia. Respiro profundamente por alguns minutos, pratico a gratidão sentida, quando percebo o sol já nasceu, é hora do banho gelado. Este é o meu primeiro desafio do dia, e eu o executo com tamanha devoção. A felicidade invade meu ser por cumprir este propósito com louvor, além disso, ele antecede o segundo momento mais esperado da minha manhã.

Vou até a cozinha e preparo o meu café com calma, nada pode sair errado, por isso, cuido de cada detalhe com afinco. Dentro de alguns minutos, o cheiro perfuma toda a casa. Aproveito e dou uma espiadinha nos meninos, dormem como dois anjinhos, bem certo que eles já são homens feitos, mas....

Pego minha xícara de café e antes de levá-la a boca, inspiro fervorosamente o seu perfume. De verdade, não existe aroma mais apaixonante. Vou até a sala e abro a minha janela, há algumas pessoas na rua, geralmente, as mesmas. Um casal que passa de bicicleta, um senhorzinho caminhando com seu andador, o vizinho abrindo o seu restaurante, mais uma manhã começando conforme o esperado, penso.

Tomo um gole de café, ele desce gentil, celebro este momento com paixão. Parece mágica mais há uma transformação em mim depois disso, sinto-me preparada para a vida.

Antes de sair da janela, olho para o céu e digo:

— Espero que nossa vontade coincida neste dia. No entanto, que a sua prevaleça sobre a minha.

Solto a xícara na pia. Vou até o escritório, ligo o computador, é hora de continuar a manhã.

Então, olho-me no espelho e digo:

— Bom dia, bora pra vida!

SILÊNCIO!

Vinicius Lins

Se Deus ajuda quem cedo madruga, os sete milhões de brasileiros que participavam da comunidade "Eu Odeio Acordar Cedo" no Orkut — e os demais que ainda não contavam com acesso à internet — prefeririam abrir um crediário com o capeta. O conflito entre o homem e a aurora vem desde que Eva mordeu a maçã — não antes das dez da manhã — e sequer a medicina, com seus aconselhamentos messiânicos, desconexos da realidade de qualquer um que trabalhe dez horas por dia, consegue apaziguá-lo. Sejam quais forem os benefícios da meditação matinal ou de poder puxar o saco do chefe antes de todo mundo, a grande maioria das pessoas assiste ao dia clarear com o mesmo entusiasmo de um dente do siso rompendo a gengiva.

Já eu, durante minha revolta adolescência, pregava que a manhã ideal seria uma que começasse às 13 horas. Não era pra menos, afinal, um secundarista com problemas de sociabilidade, trancado em seu quarto na companhia de Baudelaire, só podia fugir de qualquer evento que transcorresse enquanto o Sol estivesse distante do Oeste no horizonte. Graças a Hermann Hesse, então, nunca mais fui dormir antes das duas, tampouco anotei uma nova receita do Mais Você.

Porém, para espanto de alguns, passei a puxar a sardinha para o lado da manhã depois de adulto, por obra e graça do mesmo acaso que permitiu a vida nesse planeta. Certa feita, como se estimulado pelo rumor de um aumento salarial, meu organismo resolveu agilizar o processo de recomposição de minhas energias, abrindo os olhos para um dilúculo que, além da claridade canhestra, guardava outra vicissitude muito diversa do turno anterior: o silêncio. Nada acontecia no mundo nem em mim mesmo. Porquanto durasse aquele levantar de pálpebras, não havia um próximo despropério proferido por Odetes e Odoricos, um próximo levantamento de óbitos por Covid-19, uma próxima faixa da Amazônia devastada. Nada. Aah... como seria se a Ciência tivesse mais sorte que a Literatura em encapsular essa sensação em um tubo de pomada para curar nossa melancólica humanidade...

Por fim, engana-se quem pensa que, dormindo, o Mal suspende suas atividades. Enquanto descansa, ele traça seus planos para o amanhã em pesadelos irrealizáveis; mas antes de impô-los a nós, os sonâmbulos, precisa também se levantar. É no interstício em que a moleira do Sol coroa no Leste que tudo está, pela única vez no dia, bem. E entre essas linhas tênues, espasmos de vida, nós continuamos.

Até que vem a vontade de mijar. Aí é quando recomeçam os problemas...

LIÇÃO DAS MANHÃS

Viviane Lucas

Sempre gostei de acordar. Cedo, de preferência. As manhãs são como uma injeção de esperança. Frescas, silenciosas, carregadas de possibilidades.

Ter a ideia de que um dia inteiro está só começando é extraordinário. Pode ser desesperador, às vezes. Acordar é abrir os olhos e despertar para a vida real. E há momentos em que é doloroso enxergar a vida.

De qualquer forma, sempre guardei a sensação, ingênua ou não, de que pela manhã tudo se acalma, as soluções aparecem, o galo canta e isso é um bom sinal. Uma forma otimista da natureza nos despertar com seus cantos e encantos.

Gosto de ficar na janela um pouco, todas as manhãs. Há sempre alguém lá do outro lado que também já despertou e viu as cores do amanhecer. Alguém que já está embriagado com o cheiro do café, ouvindo o silêncio que diz tantas verdades.

A natureza se apresenta renovada. Os pássaros cantam mais pela manhã, o ar é mais leve, ainda sem a fumaça dos automóveis. E o céu, parece se preparar, ao longo da madrugada, para se exibir, esplendoroso, logo que a manhã abre a cortina.

As cores que começam pelo alaranjado, aos poucos se tornam rosa, em vários tons, com o fundo azul. O amanhecer é encantador, mistura de arte e contemplação.

Nos dias sem sol, tem o cheiro e o barulho da chuva. As folhas das árvores molhadas, agradecidas. E nuances de cinza no céu. Lindo de ver e bom de sentir. Traz aquela paz instantânea.

Nem sempre é possível apreciar o amanhecer. As manhãs costumam ser corridas, acompanhadas pelo relógio que vai nos apressando para não perdermos a hora. Quase sempre, as manhãs passam sem nos darmos conta. Camufladas e desperdiçadas nos ônibus cheios, nas ruas agitadas, nas preocupações diárias e na agenda a cumprir.

Durante a quarentena, no isolamento que tivemos que viver, apesar de todo medo e tristeza, foi possível enxergar melhor as manhãs. Perceber sons, detalhes, aromas, observar a vizinhança. Se dar conta do que sempre esteve bem ali, ao lado, sem que os olhos alcançassem.

A lição aprendida com as manhãs é que todos os dias tem alguém na mesma frequência que a nossa, em algum lugar, mesmo sem saber. E sendo assim, por precaução, devemos sintonizar o melhor a cada amanhecer.

AMANHECER NO FIM DO MUNDO

Zeni Isquierdo Danelon

Acordei antes do amanhecer, naquele 11 de agosto de 1999, data em que era esperada a catástrofe prevista por Nostradamus, e que, segundo acreditavam alguns, resultaria no fim do mundo.

Fui acometida de uma insônia temporária que durou o suficiente para que eu observasse os ruídos vindos da rua, desde um galo que cantava ao longe, o som de passos na calçada e um silvo de apito de um vigilante noturno, que me fez lembrar que, quando criança, minha mãe dizia que o guarda sinalizava sua presença para tranquilizar os moradores. Hoje, ouvindo esse apito, penso em quanto custa um pouco de segurança.

Quando finalmente estava prestes a adormecer novamente, lembrei que, dali a poucas horas, conforme previsões de Nostradamus, o mundo acabaria. Experimentei uma sensação de fragilidade. Me senti tentada a vigiar o mundo. Mas era tarde demais para mim: o sono já me vencia.

Acordei novamente quando a televisão já transmitia o eclipse diretamente dos países beneficiados pelo espetáculo. Se eu me incluísse entre os convictos da catástrofe profetizada por Nostradamus, meu primeiro pensamento seria:

— Sobrevivi!

Mas, como fazia parte dos incrédulos, consultei minha agenda e pensei no compromisso permanente, que não necessita agendamento: o de viver.

Aqueci a água, cevei um mate e saboreei lentamente a mistura do amargo com a doçura da vida.

Começa a minha manhã.

Abro a caixa de correios, verifico a secretária eletrônica, ligo o computador. Nada na caixa de correios, nada na secretária eletrônica, nenhum e-mail no computador. Preciso me comunicar. Início este texto, dando início a uma comunicação comigo mesma.

Me pergunto de onde vem essa necessidade de eco para nossas mensagens, sejam elas escritas, faladas ou apenas pensadas. Respondo para mim mesma: Para descobrir se alguém mais as compartilha. Essa vertente de ideias carece de alívio para fortalecê-las ou questioná-las.

A solidão consentida é muito gratificante quando queremos ler, escrever, ou, simplesmente, pensar. Mas chega um momento em que precisamos ter um retorno até para nossos pensamentos. Se ele não chega, ficamos inquietos.

Interrompo minha reflexão e torno a consultar minha caixa postal: duas mensagens ainda não lidas. Corro o olhar novamente pela caixa de correio e lá repousam alguns envelopes, que recolho avidamente, enquanto o telefone toca sem parar. Foi restabelecida a comunicação. Já não estou mais só.

Minha manhã está salva. E o mundo também.

AMANHECENDO

Veridiana Avelino

Pela janela do escritório vejo centenas de pequenas luzes da urbanidade que rodeia meu apartamento. À minha vista, são foscas. Outrora, eram nítidas, mas nos dias atuais a maturidade me faz ver tudo de forma diferente: Os brilhos não são mais atraentes, a grandiosidade diminuiu e a solidão já não assusta tanto. Consultas ao oftalmologista não resolverão esses pontos de vista.

É quase o fim da madrugada. Estamos no início de semana, o que não importa, pois há tempos que para mim os dias são iguais e seguindo esse raciocínio, a cidade me abraçou com sua rotina, seus cheiros de sono e sonhos, de descanso e expectativas. Acostumei-me com seus sons noturnos formados, em sua maioria, por um carro passando, solenes sirenes, pelo barulho do vento e dos aparelhos de ar— condicionado gemendo distantes.

Vou me recolher. Almejo deitar e dormir instantaneamente. Espero que minha mente não crie cansativas retrospectivas de coisas que não me interessam mais ou me dê vidas imaginárias, como costuma fazer até me levar a exaustão e, assim, adormecer com a aurora e sua claridade, momento em que a cidade desperta para mais um dia de acontecimentos e trivialidades.

Amanhece. Os barulhos mudam. Agora são os pássaros anunciando a alvorada. Motores de ônibus e motos roncam ferozes e apressados. Ouço as conversas ininteligíveis dos corredores da manhã confirmando que o dia de alguém já começou.

O amanhecer me faz pensar na vida, cuja ampulheta do tempo foi virada no dia que nascemos e aquela fina areia, nossos dias, passam apressados sem esperar pelo nosso tempo, como aquele ônibus que deixou a moça na parada correndo e acenando.

Pessoas acordam com planos, tarefas, mas não despertam. Seguem a vida de forma automática naquele emprego medíocre, no relacionamento fracassado e nos problemas que são empurrados para baixo do tapete pela procrastinação e apatia.

Daqui a pouco, ouvirei a reclamação da criança mimada da vizinha que grita com a babá por lhe arrumar para a escola — indesejada por quem tem acesso e tão esperada pelos prejudicados nesse tempo de aulas remotas.

O cheiro de café me atrai. É o melhor do amanhecer, como um presente para a humanidade. Não entendo como há pessoas que sobrevivem sem esse ouro negro que, por muito tempo, era o principal motor de nossa economia.

Na TV, os jornais locais logo trarão as más notícias e vídeos de engarrafamentos, bem como reclamações corriqueiras que nunca se solucionam. Como isso tudo é cansativo!

Só me resta desejar-lhes bom dia, esperando, com sinceridade, que esse dia seja memorável na vida tão corriqueira e passageira que todos temos.

Este livro foi composto por letra em Archer Book 11,0/15,0
e impresso em papel Pólen Bold 90g/m².